Irmgard Rosina Bauer
Das Leben könnte so schwer sein

AF202139

Die vorliegenden Geschichten basieren im weiteren Sinn auf wahren Begebenheiten. Darüber hinaus ist jede Ähnlichkeit mit lebenden oder toten Personen sowie realen Geschehnissen rein zufällig und nicht beabsichtigt. Es handelt sich um einen fiktiven Roman.

Irmgard Rosina Bauer

Das Leben
könnte so schwer sein

Roman

in dreizehneinhalb Geschichten

Sophie alias Susanne alias S… ist gefangen in ihren
Prinzipien: Ein Macho darf ein Macho sein, und eine Ehe
muss man um jeden Preis aufrecht erhalten. Zumal Sophie
mit ihrem Mann vier Kinder hat und Scheidungen
»damals« noch nicht so üblich waren wie heute.
Die verschiedenen Frauenrollen in den Geschichten einer
einzigen Frau lassen über Jahrzehnte tief in ihr Herz sehen.
Ihr gemeinsames Ziel heißt, einmal sagen zu können:
»Ich liebe mein Leben.«
Auf ihrem Kurs dorthin erringt Sophie alias Susanne
alias S… neue Freiheiten und fällt doch immer
wieder zurück. Sie sucht nach Anerkennung und erleidet
darüber ein Burnout. Sie will heraus aus ihrer Opferrolle,
doch der Weg dahin ist weit …
»Das Leben könnte so schwer sein« ist eine packende
Lebensgeschichte in dreizehneinhalb berührenden
Geschichten.

© 2016 Irmgard Rosina Bauer
Umschlaggestaltung: Martina Scholle, München
Fotos: Johannes Bauer, Larissa Schlüren, München
Lektorat: Ulrich Hoffmann, Hamburg
Satz, Layout: Andrea Richter, München
Verlag: tredition GmbH, Hamburg
978-3-7345-7098-8; 978-3-7345-7100-8
Printed in Germany

Für meine Kinder und Stiefkinder,
für meine Schwiegerkinder,
für deren Mütter
(Bettina, Carola, Helga, Renate, Ursel)
und für Constanze

Lebensfluss, fließe!

Am Ufer eines großen Flusses entlanggehen und eine Gruppe Rudersportler sehen, die mit ihrem rhythmischen Schlag das Wasser kräuseln: Wer kann da weitergehen, ohne sie dafür zu bewundern, mit welcher Leichtigkeit sie den Fluss zum Vorwärtskommen nutzen?

Doch so ein großer Fluss ist nicht sofort ein Fluss, sondern entsteht aus einer winzigen Quelle und wächst erst durch seine Zu- und Nebenflüsse.

So wie ein Fluss besteht auch das vorliegende Buch aus solchen Zuflüssen – ihr Wasser drängt immer weiter, kümmert sich nicht um Hindernisse, es fällt auch mal bergabwärts, es findet immer seinen Weg. Der Fluss empfängt saubere Zuflüsse (Liebliches) und Morast (Erstaunliches), mal speisen ihn reine, klare, frische Quellen (Fröhliches), mal fließt er durch Schlammgebiet (Peinliches), mal durch waldreiche dunkle Auen (Trauriges), mal durch eine breite Steinlandschaft, auf der bei aufgehender Sonne noch die Nebel ruhen (Melancholisches). Der Fluss drückt sich manchmal unterirdisch durch Höhlen (Beängstigendes) oder durch einen See, in dem er von Menschenhand aufgestaut wurde (schicksalhafte Begegnungen).

Mit dem Bild der Zuflüsse verwende ich unabhängige Geschichten, die sich so oder so ähnlich in meinem Leben abgespielt haben könnten und in ihrer Aneinanderreihung einen Lebensfluss ergeben. So wie die Zuflüsse bereits ihre eigene Wegstrecke zurückgelegt haben, besitzen auch die handelnden Personen in den Geschichten ihr Eigenleben in ihren jeweiligen Lebensabschnitten – und ihre eigenen Namen, so wie auch Zuflüsse ihre eigenen Namen mitbringen.

Letztlich mündet ein großer Fluss in einem großen Meer. Doch dessen Wasser verdunstet wieder in der Sonne und bildet Wolken. Die treibt der Wind weiter, sie bleiben an hohen Bergen hängen und regnen sich dort wieder ab – um erneut eine Quelle zu speisen.

Der Lebensfluss fließt zwar durch die Jetztzeit, ist aber auch gleichzeitig ein kleiner Teil der Ewigkeit. Darum: Fließe, mein Fluss!

Irmgard Rosina Bauer

Viele Wege führen durch Rom

Sophie war damals zwanzig. Es war April und eiskalt, und nachts hat es fürchterlich auf ihr Zelt geregnet.

Die Tage jedoch ...

Sie sieht sich mit Wolfgang an der Hand auf der Via Sacra jeweils zwei Pflastersteine überspringen. Wer den dritten nicht traf, musste küssen – selten trafen sie den dritten. Sie sieht, wie Wolfgang, der Archäologiestudent, ihr mit den heiligen Trümmern auf dem Forum Romanum einen Lufttempel baute samt Säulenhalle, Innenhof und Heiligtum; wie er ihr flammende Liebeserklärungen vor dem gedachten römischen Volk hinunterschmetterte von dem Platz aus, an dem die Rostra gestanden haben musste, die große Rednerbühne, die aus Schiffsschnäbeln gekaperter feindlicher Schiffe bestand. Wo schon Cato und Cicero und Plinius und all die wichtigen Römer aus dem Lateinunterricht ihre Reden gehalten haben.

Sophie sieht, wie sie sich mit Wolfgang lachend vor der Wölfin mit ihren Zwillingen im Kapitolsmuseum verbeugt; »sieben fünf drei«, sagten sie wie aus einem Munde. Sie sieht ihn im Kolosseum für sie wildes Tier spielen und wie sie seine Darbietungen immer mit einem fröhlichen »Daumen aufwärts« wertete, und sie sieht, wie er sie triumphierend durch den Konstantinsbogen trug.

»Du weißt ja, ich möchte am Wochenende auf die Lebensmittelmesse nach Rom fahren«, sagt jetzt, zwölf Jahre später, ihr Mann Gunnar zu ihr. »Ich habe mir inzwischen das Programm genauer angesehen. Mir genügt ein einziger Tag auf der Messe, der Samstag. Aber wenn ich doch schon fahre, könntest du eigentlich mitfahren!«

Sophie erschrickt.

»Heute ist Montag. Wenn wir morgen Mittag in München starten, sind wir am Abend dort«, fährt er fort. »Dann hätten wir drei Tage gemeinsam in der Stadt. Am Samstag dann auf die Messe, am Sonntag fahren wir wieder zurück.«

Insgeheim hat sich Sophie vor dieser Frage gefürchtet. Die schönen Erinnerungen, die sie an Rom hatte, waren mit einem anderen Leben, als sie es jetzt führte, verknüpft.

Viele Ausreden fallen ihr ein: Ihre vier kleinen Kinder brauchen sie doch, und befreundete Familien sind sicher nicht so spontan bereit, sie für diese Zeit bei sich aufzunehmen. Das kostet wieder viel Überredungskraft! Und woher so schnell eine eingearbeitete Aushilfe für das gemeinsame Gourmetrion nehmen, für fast eine ganze Woche, von heute auf morgen; dazu die ewig lange Autofahrt.

»Das wäre so viel Aufwand«, versucht sie, seinen Vorschlag abzuwehren.

»Du schwärmst doch immer von deinem Rom!«, unterbricht er ihre Ausflüchte. »Das wäre die Gelegenheit, es mir zu zeigen!«

Zweifelnd sieht sie Gunnar an. Dass er spontan ist, damit kann sie umgehen. Sie sind beide spontan. Schnell in Entscheidungen, rasch in Umentscheidungen, ihr Umfeld hat sich daran gewöhnt. Das ist es nicht, was sie beunruhigt. Eher das: Gunnar ist anders als Wolfgang. Gunnar hat ihre Antike-Begeisterung bisher eher abgetan mit »altes Zeug«. Ob sie den Bogen in Rom schaffen würde? Ihre damalige Begeisterung fußte auf damaligen Gegebenheiten. Nun, die Beziehung zu Wolfgang war schon während des Studiums bald wieder zu Ende gegangen. Doch glühte Sophie immer noch für das »alte Zeug«. Nein, das mit Gunnar zusammen, das konnte nicht gut gehen.

Andererseits: Rom! Ihr Rom! Wie schön das war! Wie sie Rom liebte! Sollte sie nicht einfach zugreifen bei dieser Gelegenheit? Schließlich kam sie nicht alle Tage dorthin.

Sophie weiß, sie muss schnell entscheiden. Bilder überströmen sie: Die Engelsburg dort oben, das Pantheon, das Forum Romanum, die stolzen Obelisken, die Basiliken, Triumphbögen, die vielen, vielen Katzen an der Cestius-Pyramide und die alte Frau, die sie alle namentlich gerufen hat und fütterte, Giovanni – Alessandro – Francesca; der schöne alte Friedhof hinter der Pyramide, ja! Sophie spürt Begeisterung in sich aufkommen.

Ja, sie würde alle Bedenken über Bord werfen und diese Gelegenheit ergreifen. Gunnar mitnehmen in die große Vergangenheit. Es noch einmal mit ihm versuchen. Wenn doch schon der Vorschlag von ihm kam! Alles würde sie ihm zeigen!

Zwei Kinder dürfen zu Oma, sie wird sie in den Kindergarten bringen. Das kann Sophie nach einem langen Telefonat klären. Und die zwei Größeren können bei Freunden übernachten, die sie mit ihren eigenen Kindern in die nahe Grundschule schicken. Nun also noch schnell eine Aushilfe für die kommenden Tage engagieren. Eiliges Kofferpacken; noch drei wichtige Anweisungen im Geschäft hinterlassen.

Am Dienstag um halb drei schließlich können sie starten.

Gunnar brettert über die Autobahn.

Gegen Mitternacht fahren sie bereits »Al lungo del Tevere«.

»Am Tiber entlang heißt das, sagst du? Ist das ein Fluss?«

Sophie lacht höflich. Er macht wohl einen Witz.

Doch er hat tatsächlich keine Ahnung von Rom, merkt sie dann, dafür vollstes Vertrauen in sie.

Sie hat sich während der Autofahrt noch schnell ein großes Programm für Mittwoch, Donnerstag, Freitag ausgedacht. »Mach einfach!«, hatte er gesagt. »Ich kenn mich sowieso nicht aus.«

Große Vorfreude durchströmt sie. Alles wird sie ihm zeigen!

Als erstes, am Vormittag, den Petersdom, der würde ihn sofort beeindrucken, außerdem würde ihm der Blick von der Hochterrasse eine Vorstellung von der Stadt ermöglichen. Ja, das fand sie gut!

Am nächsten Morgen aber ist ihr sein Eifer, die Stadt zu sehen, zu gering: Der Wecker klingelt, doch er steht nicht auf.

»Hab ja schließlich Urlaub!«

»Ja aber, wir wollten doch die Stadt ansehen?«

»Die läuft uns nicht weg!«

Schon ist er wieder eingeschlafen.

Sophie ist enttäuscht.

Würde sie ihn jedoch wecken und drängen, das weiß sie, müsste sie über den Tag hinweg seine schlechte Laune aushalten.

Um zwölf Uhr ist er mit dem Frühstück fertig, um zwei endlich steigen sie wieder ins Auto, um ins Centro zu fahren. Endlich! Sophie freut sich. Die Sonne scheint klar.

»Hier ist noch Sommer!«, schwärmt er. »Und wir beide

in Rom, am 1. Oktober bei 26 Grad. Da kann München nicht mithalten.«

Ja.

Roma aeterna.

Alles wird sie ihm zeigen!

Er findet ihr nicht schnell genug einen Parkplatz. Und nun los!

Hand in Hand nähern sie sich über die Via della Reconciliazione – »Ah, das kenn ich aus dem Fernsehen!« – dem Dom.

So riesengroß hat sie den Petersplatz nicht mehr in Erinnerung gehabt! Sie zieht Gunnar weiter.

Doch als sie am Hauptportal stehen, zögert sie plötzlich, sie erschaudert. Wie lebendig die Erinnerung an die »Pietà« von ihr Macht ergreift! Ja, genau, dort drüben müsste sie sein.

Warum nur war Sophie so fiebrig, bevor sie zur Pietà gelangten? Als sie die damals zum ersten Mal sah, waren sie und Wolfgang betört gewesen. Lange Zeit waren sie beide davor gestanden und in ihre Betrachtung versunken, hatten die Gottesmutter mit ihrem Sohn auf sich wirken lassen. So etwas Berührendes! Sophie will nun Gunnar erklären, was sich in ihr abspielt. Dass sie aufgeregt ist vor der Wiederbegegnung mit dieser Statue. War das nicht lächerlich! Sie fürchtet seine Reaktion.

»Na, was du nur hast! So toll ist sie nun auch wieder nicht! Es gibt doch bestimmt interessantere Dinge hier zu sehen«, könnte er sagen.

Sie wusste, dass er als Geschäftsmann sehr oft ganz anders dachte als sie. Häufig haderte er mit ihr, weil sie, Sophie, sich nur halb so viel als Geschäftsfrau einbrachte, wie er es sich vorstellte.

Nun stand sie also hier. Und hätte vor Gunnar die Rührung vor einer weißen Marmorstatue zu verbergen?

»Komm, gehen wir rein. Warum bleibst du stehen?« Ungeduldig sieht er sie an.

Sie kann ihre wirren Gefühle nicht so schnell erklären. Vorhin noch hat sie zur Eile gedrängt, und nun ging nichts vorwärts!

Wie anmutig Maria immer noch an dieser Stelle sitzt in ihrer Zartheit, Zierlichkeit, inneren Harmonie. Diese Sanftmut, der Ausdruck zärtlicher Trauer und Liebe auf dieser Figur aus Stein! Als ob er da säße und lebte, der weiße Marmorblock! Der Jesus in ihren Armen, er schläft wohl nur. Er muss sich sehr wohl fühlen unter dem Blick aus diesem vollkommenen Gesicht: schön, gütig, mütterlich – und leidenschaftlich zugleich.

»Ja, die ist schon super!«, entlockt die Betrachtung der Pietà auch Gunnar. Tief und erleichtert atmet Sophie durch.

Die Dimension des Petersdomes findet Gunnar »erschreckend«.

»Der ist mir viel zu wuchtig! Das erdrückt mich!«

Immer wieder schüttelt Gunnar beim Gehen den Kopf, findet nicht den Zusammenhang zu seinem Zweck.

Zu wenig kann Sophie ihm erklären und zeigen, denn es werden Absperrungen im Dom errichtet, man drängt sie hinaus, »una messa del Papa«, ausgerechnet jetzt. Der Zeitpunkt ihres Besuches ist ungünstig.

»Dann lass uns noch schnell in die Sixtinische Kapelle gehen, die Fresken dort sind ebenfalls von Michelangelo, wie die Pietà. Das war ein überaus vielseitiger Künstler. Der konnte einfach alles, bildhauern, malen, entwerfen, baumeistern – genial! In meinem Stadtführer steht, die Kapelle wurde inzwischen restauriert. Bei meinem ersten Besuch war alles noch recht verblichen. Ich bin gespannt, ob die Fresken jetzt wirklich lila und bonbonfarben wirken.«

Voller Vorfreude packt Sophie Gunnars Hand und zieht ihn mit sich mit.

Aber als sie dort ankommen, ist es schon nach 16 Uhr, man lässt keinen mehr hinein.

»Schade!«

»Macht nichts«, sagt er, »hätte mich eh nicht so interessiert. Zeigst mir halt was anderes.«

Sophie überlegt kurz und entscheidet sich für die Spanische Treppe, die nicht allzu weit entfernt ist. Hier brauchen sie sich nicht um Einlasszeiten zu kümmern. Und sie weiß, das wird ihm gefallen. Die vielen Menschen betrachten. In der Via Condotti von einem Luxusmodeladen zum nächsten schlendern, dazwischen ein Eis schlecken.

Und tatsächlich ist er fasziniert von den Modemeistern.

»So viel Ästhetik!«, sagt er.

Dann haben sie genug gesehen, findet er.

In einem kleinen Straßencafé bekommt er zu seinem Entsetzen keinen Orvieto zu trinken: »Wo denn sonst, wenn nicht im Anbaugebiet?« Also trinkt er fügsam mit ihr Frascati an einem weißen Blechtischchen mitten in der Fußgängerzone, einem Dorado für Mopedfahrer aller Klassen, der Bella Signora im engen Rock mit Fahrerschlitz und wehender Umhängetasche, über die Papagalli aus Trastevere, den gutgekleideten Geschäftsmann in Dunkelgrau, der mit einem neuartigen Riesentelefon am Ohr auf seiner Vespa an ihnen vorbeiflitzt, bis hin zum greisen Römer mit Zigarre im Mundwinkel, »Il Giorno« unter dem Arm, sie alle: knatternd, stinkend.

Wie sie es genießt, ihr Rom, das Staunenkönnen, dieses lebendige Rom, weit weg von zu Hause, von aller gepflegten Häuslichkeit mit ihrem tierischen Ernst. Welch herrliches Flair des Unbekümmerten, »dolce far niente«; was kostet die Welt?

Zwei Halbwüchsige auf flotten Mofas fahren gekonnt knapp an ihrem weißen Blechtischchen vorbei. Gunnar schüttelt entsetzt den Kopf. »Und das nennen die in Rom Fußgängerzone? Ich finde es wirklich hässlich hier. Morgen fahren wir noch ein bisschen ans Meer in die Sonne. Der Winter in München kommt früh genug.«

Nun, das steht nicht auf Sophies Programm. »Doch was will ich ihm römische Kultur aufdrücken, wenn ihn römische Sonne interessiert«, stellt sie bedauernd für sich fest. Und keinesfalls würde sie das Risiko eingehen, dass er schlechte Laune bekäme. Also fügt sie sich seinem Wunsch, an ihrem zweiten Tag an den Strand von Ostia zu fahren. Dass er am Morgen wieder spät aufsteht, macht ihr diesmal nichts aus.

Viele Menschen sind in Ostia damit beschäftigt, die Liegestühle des Sommers abzuspritzen, Aufbruchstimmung in den Herbst liegt in der Luft. Der schwarzgraue Sand am Strand, fein und trocken, wird von den Reinigungsgeräten sauber in Wellen gelegt. Die Sonne ist nur noch Nostalgie, kühl bleibt ihr Licht auf dem Meer stehen, sie kann die triste Farbe des Sandes nicht mehr aufhellen.

»Lass uns wieder in die Stadt fahren«, schlägt Gunnar bald vor.

»Ja, sehr gerne!«

Endlich geht es wieder hinein nach Rom, zu ihren tausenderlei Erinnerungen an Jahrtausende alte Prachtgeschichte.

Gunnar hat einen zentralen Parkplatz gefunden.

Sophie freut sich. Mit ihm an der Hand kann sie noch einiges ansehen. Vielleicht noch schnell in das Forum Romanum eintauchen, das Colosseum, der Kapitolshügel …

»Ach nein«, sagt er, »nicht so viel altes Zeug.«

Also gut, dann vielleicht Trevibrunnen oder das Pantheon?

Sophie genießt es, über die hübschen alten Brücken zu gehen, lässt den Blick über die reich verzierten Gebäude schweifen, an denen sie vorbeiflanieren. Was wohl die Menschen, die im Lauf der Jahrhunderte hier gegangen sind, gesprochen haben, gedacht haben, wie haben sie ihre Leben gelebt? So vielerlei Religionen, Philosophien und Machthaber hatten hier das Stadtbild bestimmt! Und nun waren auch sie beide hier, sie und Gunnar.

Doch da reißt er sie aus ihren Träumen.

»Und das ist Rom?«, fragt er sie an diesem zweiten Abend. Piazza Venezia, Via del Corso, hallender Straßenlärm. Fast unbeleuchtet ist diese Geschäftsstraße zwischen Stadthausreihen, aber mit heftigem Kopfschütteln bemängelt er die vielen Papierschnitzel am Straßenrand, die zerrissenen Eintrittskarten, Zigarettenkippen, zerknüllten leeren Tüten –

»Wo ist denn nun Rom? Wo sind die Leute? Schlafen die Römer schon? In welchen Cafés sind sie, in welchen Restaurants, wo ist ihr Place du Tertre oder ihr Schwabing? Sachsenhausen, weißt du noch, dort war es immer schön. Dieses alte Zeug überall. Du warst doch schon mal hier. Zeig mir doch mal Rom! In deinem schlauen Führer, steht da nichts Gescheites drin?«

Sophie spürt, wie ein Felsbrocken hart, steinern, schwer, kantig erst in ihrer Kehle stecken zu bleiben droht und sich sodann, langsam zerbröckelnd, wie Grieß auf ihre Gliedmaßen verteilt bis hinein in die Fingerspitzen. Dort oben, wo sie ihren Kopf vermutet, da denkt sie – nein, da denkt sie nicht – doch, da denkt sie – ach, lass doch das Alte, denkt sie sich – Wolfgang, denkt sie, in Saudiarabien, denkt sie – aber sie wollte doch – was ist schon ein Archäologiestudium, wenn es nicht beendet wird, weil du schwanger wurdest – so war das eben, so ist er eben, denkt sie –

Ihre Beine tragen sie neben ihm her, sie folgt ihm durch die engen Straßen, die Menschenmassen führen ihn, ha, sagt er, endlich ein Platz, wo was los ist!

Piazza Navona. Unbeeindruckt eilt er an Berninis Vier-Flüsse-Brunnen vorbei, zielstrebig taucht er in die Menschenmenge ein, die sich um die Künstler auf dem Platz schart, mit Petroleumlampen machen sie auf sich aufmerksam. »Wir könnten ja ein Porträt von dir malen lassen«, sagt er, »aber so gequält, wie du aussiehst – was hast du eigentlich? Komm, wir gehen essen, ich hab auf dem Weg so schöne Restaurants gesehen.«

»Was möchtest du denn?«, fragt er sie dann in dem feinen Ristorante mit der Animierauslage im Fenster voller Langusten, Brassen, Muscheln, Antipasti, Früchten, einem großen Strauß langstieliger Gladiolen, in dem Ristorante mit den weiß gedeckten Tischen.

Sophie hat keinen Appetit. Lustlos bestellt sie irgend eine Pasta-Variation, während Gunnar sich ausführlich mit Vor-, Haupt- und Nachspeise auf der Speisekarte beschäftigt. Er lässt anerkennend den Blick über die Einrichtung des Restaurants schweifen.

»Alles sehr edel eingerichtet«, sagt er, »schau dir die schöne moderne Theke an. Wunderschön hier!«

Sophie sieht teilnahmslos in seine Blickrichtung.

»Was willst du eigentlich«, fragt er, während er die Farbe des Aperitivo im Glas betrachtet, die Nase im Glas versenkt, den Probeschluck prüfend im Mund hin- und herschiebt, und dann dem Kellner zufrieden zunickt, der jetzt die Gläser einschenkt.

Sophie überlegt noch. Wie konnte sie ihm denn am besten erklären, dass sie an Rom vor allem seine Geschichte so faszinierend fand? Mit der Schippe in der Hand und bei Flutlicht in alter Erde wühlen, das würde sie wollen! Kleine alte Trümmerchen auffinden und zu großen alten Trümmern zusammensetzen. Dass das für sie mehr Genuss bedeutete als ein Besuch in einem edlen Restaurant.

Schließlich atmet sie ein, will anfangen zu formulieren.

In dem Moment serviert der Kellner Sophies »Pasta Fantastica« und Gunnars »Spaghetti Pomodore«.

»Da kann die Küche nichts verkehrt machen«, begründet er seine Wahl. »Diese modernen Pasta-Variationen, die sie gerade überall beim Italiener anbieten, kannste doch meistens nicht essen.«

Sophie lächelt höflich.

Er probiert die erste Gabel. Beim Schmecken öffnet er immer wieder den Mund. Damit würde der Geschmackssinn noch mehr angeregt, hatte er ihr einmal erklärt. Er wickelt weitere Gabeln mit roten Spaghetti. Sein Gesichtsausdruck zeigt große Anerkennung.

»Kochen können sie, die Römer, das muss man ihnen lassen.«

Voller Begeisterung hat er fast schon den Teller geleert, während Sophie erst langsam die Gabel in ihr Gericht gesteckt hat.

»Na ja, essen ist ja nicht das einzige, oder?«, sagt sie dann nur.

Er winkt dem Kellner und bespricht mit ihm die Weißwein-Auswahl für den Fischgang.

Bald wird auf eleganter Silberplatte sein St. Petersfisch gebracht.

»Wunderschön!«, schwärmt er. Er wird, wie gewünscht, gegrillt und mit Innereien serviert.

»Taufrisch!«

Gunnar beginnt sofort zu essen.

»Woher weißt du so viel über dieses Rom?«, fragt er

dann zwischen zwei Bissen von seinem Rumpsteak, das ihm tatsächlich englisch gebraten worden ist, was ihn sehr begeistert.

»Probier mal den Wein. Vorne ganz leicht, aber ein phantastischer Abgang!«

»Das ist Kultur hier!« Er schwenkt den Rotwein im eleganten Kelch.

»Interessanter Wein!«

Genüsslich schleckt er den Fleischsaft von den Lippen, bevor er sie mit der Serviette abwischt und diese auf dem restefreien Teller platziert.

»Willst du auch noch ein Dessert? Du hast ja kaum was gegessen.«

Sophie hat immer noch keinen Appetit. Schließlich serviert man den caffè. Kopfschüttelnd sieht Gunnar sie an.

»Also gut, was willst du morgen noch erledigen?«

Sophie atmet tief durch. Tonlos zählt sie auf:

»Die Caracalla-Thermen, hatte ich gedacht, und ich würde gerne auch noch auf das Forum Romanum«.

»Also gut, wenn du unbedingt willst, gehen wir morgen in diese Thermen, wie heißen die nochmal?« Er winkt dem Kellner und lässt sich den Unterschied zwischen drei reifen Tresterbränden auf der Getränkekarte in holprigem Deutsch erklären.

»Was sind denn das für Leute, die diesen horren-
den Eintrittspreis für so was bezahlen?«, fragt er am
nächsten Mittag kopfschüttelnd am Eingang der Cara-
calla-Thermenanlage.

»Das ist ja nur ein Trümmerhaufen. Kein Wunder, dass
hier nichts los ist.«

Zwei Studenten vermessen die Höhe der Zisternen,
der ehemaligen Wasserbecken und von verbliebenen
Teilen zerbrochener Statuen.

Ob sie Archäologie studieren?, fragt sich Sophie.

Mit interessierter Mimik und Gestik unterhalten sie
sich, deuten von Rundbögen über Säulen zu Mauer-
resten am Boden und schreiben Notizen von den an
kleinen Tafeln angebrachten Erklärungen in ein Heft.

Sonst sind Gunnar und Sophie allein an diesem weiten
Ort.

Hinter einem großen Gittertor sieht sie den großen
Mercedes stehen, der Gunnar so wichtig war. Sie
sieht in Gedanken vor sich das Gourmetrion, den
Delikatessenladen, in dem sie immer mitgearbeitet hat,
er war ja so praktisch nah zu den Kindern zu Hause.
Sie sieht das große Haus vor sich, das große Haus, in
dem sie wohnen mit ihren Kindern.

Wildes Gras hat viele schöne Mosaikfragmente dieser
ehemals großartigen Thermenanlage überwuchert.

»Was hast du? Warum schaust du so abwesend?«, fragt er.

»Es ist schon spät«, sagt sie.

»ich« (Frau Steinmann) und »mein Mann«

Verzauberer

Geschäftsalltag, ein bitterer eigentlich, denn meine Verkäuferin Edith hat Urlaub, ich muss neben meiner Arbeit auch noch die ihre mit erledigen, trotzdem: diese Februarsonne! Da scheine ich nicht nur scheinbar für meine Kunden fröhlich, nein, ich bin wirklich fröhlich. Frau Stötzel, meine Vormittagskraft, ist schließlich auch noch da!
Käselieferungen, Frischwarenkisten überall, sollte alles schon im Kühlhaus stehen, Telefon, und auch noch diese Kunden! Dann noch den bestellten Geschenkkorb zu einem Fuffzigsten fertigstellen, ein Käserei-Vertreter steht in der Ecke und wartet auf seinen wöchentlichen Auftrag.

Schon wieder Telefon!

»Ja, Frau Steinmann ist da, einen Moment bitte.«

Die schaffen das einfach nicht! So zu tun, als ob ich eben nicht da wäre! Natürlich ist es so bequemer für euch, schimpfe ich über meine Angestellten still in mich hinein. Frau Stötzel reicht mir den Hörer.

»Der Herr, der vorhin die Geschenkkiste mit Wein abgeholt hat.«

Ich erschrecke. Herr Dahlmaier? War irgendetwas nicht in Ordnung? Habe ich was vergessen? Habe ich mich verrechnet? Ist die Kiste auseinandergefallen? Er ist ein sehr netter und sympathischer Kunde – habe ich ihn mit irgendetwas verstimmt?

»Hallo, hier Steinmann«, melde ich mich, mit Fragezeichen in der Stimme.

»Frau Steinmann, ich wollte Sie einfach nochmal hören. Sie haben so eine herrliche Ausstrahlung auf mich gehabt, das muss ich Ihnen jetzt sagen. Haben Sie gerade etwas Zeit?«

Seine Stimme klingt sehr freundlich, fast zärtlich, werbend. Mir ist heiß. Was ist da los? Wie kann ich das einordnen? Ich bin überfordert. Es ist helllichter Arbeitstag, Edith im Urlaub, ich vor lauter Arbeit unter Hochspannung. Die Tür zu unserem winzigen Büro, in dem auch die Spüle untergebracht ist, lässt sich nicht schließen, denn wie immer steht schmutziges Geschirr am Boden zwischen der Tür und dem Spülbecken, über dem das Wandtelefon hängt. Das bestellte Funktelefon ist immer noch nicht installiert.

Frau Stötzel steht nur zwei Meter von mir weg. Schön, so ein Anruf, aber auch sehr privat. Ich blocke:

»Ja, immer viel Arbeit habe ich«, sage ich mit der freundlichsten, offensten und gleichzeitig verhaltensten Stimme, die ich einlegen kann. Ich schwebe. Wenn nur Frau Stötzel endlich von da wegginge!

»Dabei scheinen Sie so ausgeglichen, so natürlich, so schaffensfroh, ich bewundere Sie. Sie haben's mir angetan!«

Es folgt eine Pause. Mein Hirn ist leer. Ein einziges Knistern.

»Ich würde Sie vom Fleck weg nehmen«, redet er weiter, leicht lachend, als ob er einen Witz gemacht hätte, dessen Wahrheitsgehalt verschleiert werden muss.

»Wollen Sie heut Abend mit mir essen gehen?«

Ohne eine Antwort abzuwarten, fragt er:

»Aber wahrscheinlich sind Sie verheiratet?«

Ich möchte dahinschmelzen, die Situation auskosten, mal wieder genießen, juhu – ich bin eine Frau! Das tut so gut.

Sind Sie verheiratet?!

Ja, ich bin verheiratet, mit diesem Laden!, möchte ich beinahe sagen.

Frau Stötzel schneidet Zwiebeln, zwei Meter von mir entfernt, mit welcher Ausrede soll ich sie wegschicken?

Ich hätte jetzt gern eine liebliche Stimme.

»Ja, sehr«, sage ich dann so neutral wie möglich, Frau Stötzel geht das nichts an, dennoch versuche ich, ein leichtes Lächeln in meine Stimme zu legen. An meinen

Mann denke ich jetzt nicht, oder doch, und die Kinder, allgegenwärtig, obwohl ich doch so gern, so gern mal wieder geflirtet hätte.

»Schon, gell.« Seine Stimme ist freudlos, vorsichtig geworden. Seine Begeisterung steht auf Null. Es ist vorbei. Jetzt fragt er wahrscheinlich nicht mehr »wie sehr?«

Er fragt: »Haben Sie Kinder?«

»Ja, viele«, versuche ich auszuweichen.

»Wie viele?«

Dieser Mann will aber auch alles ganz genau wissen.

»Vier.«

Pause. Pause. Die Pause hört nicht auf.

Ich stelle mir vor, dass die Situation jetzt für ihn peinlich wird.

»Dann haben Sie trotz Ihrer vier Kinder ein gutes Aussehen bewahrt. Ich gratuliere Ihnen!«

Danke. Er klingt so abgekühlt.

»Sehen Sie, dieser ganze Stress bekommt mir einfach«, versuche ich langsam umzulenken. Der Mann hat mich in Euphorie versetzt, hat mich verzaubert, ich bin ihm eigentlich dankbar, will ihn jetzt nicht hängenlassen.

»Aber auch eine Frau mit vier Kindern freut sich über eine solche Anerkennung. Komplimente kann man nie genug hören, finde ich.«

»Ja, da haben Sie recht.«

Er scheint erleichtert.

»Ich habe mich ehrlich über Ihren Anruf gefreut.«

»Also gut«, sagt er, »also …«

»Also dann bis zur nächsten Geschenkkiste oder so«, will ich ihm helfen.

»Ja, genau«. Er lacht wieder. »Auf Wiedersehen, Frau Steinmann!«

»Auf Wiedersehen, Herr Dahlmaier.«

Mit einem großen Smiley im Gesicht gehe ich zurück in den Laden. Wenige Minuten später kann der Käserei-Vertreter das Geschäft mit einem üppigen Auftrag verlassen, ebenfalls mit Smiley im Gesicht.

Blue Hawaii

Susanne vergewisserte sich nochmal der Abflugzeit auf den Tickets ab München-Riem: 16. Januar 1990, 9:50 Uhr.

Ja, alles war nun richtig vorbereitet für ihren Flug.

Gernhardt war bereits acht Tage in San Francisco. Er hatte Susannes Flug so gebucht, dass sie ihn jetzt dort besuchen konnte.

»Derweil habe ich die wichtigsten kalifornischen Winzer im Napa Valley durch und habe die Weine geordert«, erklärte er ihr.

Vor zwei Jahren hatte er einen Weinimport-Großhandel aufgebaut, in Ismaning, einem Vorort von München, wo sie mit ihren Kindern wohnten. Um das mit dem Weingroßhandel bewerkstelligen zu können, gab er kurzerhand sein Gourmetrion, einen kleinen Spezialitätenladen, an Susanne zur Führung ab, zumindest zur organisatorischen. Dieser Laden bildete die finanzielle Grundlage für ihre junge Familie und für die erhofften zukünftigen Erfolge.

»Du hast inzwischen genug Erfahrung mit der Ware

und dem bisschen Personal«, hatte er damals ihre Bedenken zerstreut. »Um das Kaufmännische kümmere ich mich weiterhin. Das kannst du nicht so gut.«

Susanne lächelte zu diesem Satz, er regte sie nicht auf. Diese Formulierung kannte sie noch von ihrer Mutter her sehr gut, also musste ja was dran sein.

Einerseits fühlte sich Susanne mit der Führung des Ladens überfordert, weil sie die letzten zwölf Jahre immer nur »mal eben« eingesprungen war, neben den Kindern, wenn eine Verkäuferin ausfiel. Auch mochte sie die Arbeit im Laden nicht besonders. Sie wollte mit ihrer Unterstützung lediglich Solidarität zeigen. Auch im Laden der Eltern hatte sie immer mitgeholfen. Denn nur zusammen war man stark!

Andererseits erfüllte sie diese neue Herausforderung mit Stolz, denn sie wusste um die Anerkennung, die ihr da zuteilwerden würde. Oft genug hatte sie sich als seine Frau in der Bewunderung sonnen können, die Gernhardt von Kunden, Lieferanten, Freunden und Verwandten erhielt.

»Wir beide machen nach meinen Winzerbesuchen in Kalifornien noch 14 Tage Urlaub auf Hawaii«, hatte er ihr Anfang Januar mitgeteilt. »Die Reisebüros in den USA bieten günstige Inlandsflüge an, habe ich bei meinem Besuch letztes Jahr gesehen. Das kann ich von den USA aus buchen.«

Susanne kannte solch spontane Entscheidungen nur zu gut. Schon in ihrem Elternhaus war das so gewesen. Schnell mal … Es gab nur »schnell« oder »zu langsam«. Sie war es gewohnt, keine Zeit zu haben für Hin- und Herüberlegungen. Da wurde einfach bestimmt. Man hatte sich rasch und ohne viel abzuwägen einzuklinken in Ideen – wenn man sich zu lang bedachte, war sehr oft auch eine Chance unwiederbringlich verstrichen, hatte sie gelernt, und dann gab es Ärger.

***

Dass Susanne sich nicht auf den Urlaub freute, wollte sie Gernhardt nicht sagen. Er hätte es nicht verstehen können, dachte sie. Wo er doch alles für sie vorbereitet hatte!

Doch kam sie sich vor wie eine Verräterin, als sie schon wieder befreundete Familien mit gleichaltrigen Kindern fragte, ob sie ihre Kinder nehmen würden. »Ja natürlich können Dominik und Markus wieder bei uns bleiben, sie gehen dann mit unseren zwei Buben in die Schule. Aber während eurer letzten Reise haben deine beiden ganz schön gelitten, war mein Eindruck,« sagte Karin zu ihr. In ähnlichem Wortlaut Freundin Monika, die Lisa bei sich aufnahm. Susannes Mutter nahm gern den kleinen Raffael, doch auch sie: »Du hast mir oft vorgeworfen, dass ich nicht für dich da war. Wir konnten ja nicht anders, nach dem Krieg, mussten unser Leben erst wieder aufbauen. Du machst es aber auch nicht besser als ich damals! So oft bist du weg!«

Susanne gab ihnen allen Recht, es tat ihr sehr weh, ihre Kinder zurückzulassen, doch da war auch noch Gernhardt:

»Immer bremst du mich aus!«, sagte er, wenn sie ihre

Wünsche anbrachte.

»Ich bräuchte dich noch viel öfter«, hörte sie ihn oft, und:

»Du solltest mir den Rücken stärken!«. »Wir müssen doch von was leben. Auch du. Du kannst dich nicht einfach rausnehmen!«

***

Nun bedrückte sie auch noch der Flug. Sie war damals 34 Jahre alt und bis dahin immer mit dem Auto in den Urlaub oder zu Geschäftsterminen gefahren. Geflogen war sie gerade mal von München nach Hamburg, von München nach Düsseldorf, auch mal nach Paris. Mehr nicht.

Was war, wenn Gernhardt aus irgendwelchen Gründen nicht zum Flughafen kam, um sie abzuholen? Wenn es Verschiebungen im Flugplan gab? Wie konnten sie sich verständigen? Immerhin musste sie zwei Mal umsteigen, in Amsterdam und in London, da konnte es doch Verschiebungen geben! Sie hatten keinerlei Kommunikationsmöglichkeit. Handys, E-Mails und Internet waren noch lange nicht üblich.

Bei seinem Abflug vor einer Woche konnte er ihr nicht einmal die Adresse mitteilen, wo er wohnen würde. Das alles wollte er »von drüben aus« regeln.

Am Tag ihres Abflugs klingelte um sechs Uhr das Telefon, sie konnte nochmal mit ihm reden, ihn wenigstens hören. Trotz der schlechten Verbindung wirkte seine Stimme beruhigend auf sie, endlich spürte sie ein Gefühl von Sicherheit. Auch das Taxi kam pünktlich um sechs Uhr. Gernhardt hatte ihr dafür und für die gröbsten Ausgaben auf der Reise zweihundert Mark in ihre Bargeldschatulle gelegt.

***

Die Semmeln im Flugzeug waren hart wie Beton. Dazu Salami und Käse. Immerhin echte Butter. Sie dachte an die Hände, die dies alles schon am sehr frühen Morgen zubereitet hatten. Tatsächlich hatte auch sie sich vor kurzem als Catering-Service für die Fluggesellschaft beworben, doch die Konkurrenz war groß – und für wenig Geld wollte sie sich nicht noch mehr Handarbeit, als sie ohnehin schon in ihrem Laden hatte, herholen.

Im Gegensatz zu ihr hatte Gernhardt sich mit dem Gourmetrion einen Lebenswunsch erfüllt. Essen und Trinken, das war für ihn Leben, Spaß und Beruf. Er nahm mit großer Leidenschaft viel Anstrengung auf sich, um hochwertige Nahrungsmittel von guten Lieferanten zu bekommen und zuzubereiten, beschnupperte dabei mit dem ihm eigenen stark ausgeprägten Geruchssinn alles Essbare, kostete jeden Wein sehr bewusst mit Nase und Gaumen. Niemals aß und trank er etwas ohne einen prüfenden Gesichtsausdruck, mit dem er Zutaten und Geschmacksstoffe analysierte, um dann mit geübten Worten feinste Nuancen in Zusammensetzung, Aroma oder am Reifegrad zu beschreiben.

Die Stewardess servierte den Kaffee im Styroporbecher. Der erinnerte Susanne an ihre Mensazeit in der Uni. Bei jedem Schluck die Fantasie, sie müsste in den Becher hineinbeißen, und allein bei dem Gedanken fühlte sie schon ein pfeifendes Knirschen auf den Zähnen.

Susanne bewunderte die geflissentliche Höflichkeit der Stewardessen. Zugleich suchte sie ihre Gesichter nach Unreinheiten ab. Warum nannte die Hautärztin Susannes Pickel im Gesicht Stewardessenkrankheit? Welchen psychischen Stress hatte denn sie, Susanne, mit Stewardessen gemeinsam?

***

Amerika. Sie empfand keine Vorfreude, nicht mal Aufregung. Sie hätte nur gerne diesen endlosen Flug hinter sich gebracht. Unvorhergesehener Zwischenstopp in New York, Mammutflughafen, check-out, check-in. Weiterflug cancelled, drei Stunden ungeplanter Aufenthalt. Weitere sechs Stunden Flug.

Was, wenn Gernhardt aus irgendwelchen Gründen die Änderungen nicht mitbekam? Was machte sie allein in San Francisco, falls Gernhardt nicht da stand und sie erwartete? Wo sollte sie hingehen? Wo wohnen? Das war es, was ihr große Angst machte. Die ganze Reise war für sie nichts als eine Erledigung, die einfach anstand. Viel lieber hätte sie die Zeit mit ihren Kindern verbracht, die in der stressigen Weihnachtszeit zu kurz gekommen waren. Doch stattdessen musste sie so weit weg! Ihr war nicht nach Abenteuer. Sie wusste nichts von der Stadt, kannte dort niemanden. Susanne hatte keine Vorstellung, wie sie vorgehen würde, wenn sie sich nicht fänden. Nur Angst spürte sie, wie damals als Kind, als sie ihre Eltern auf der Straße nicht gleich wiedergefunden hatte.

Aber es würde doch alles gut gehen? Gernhardt wollte sich um alles kümmern, was die Reise betraf, damit sie zu Hause und im Gourmetrion in der Eile alles organisieren konnte. Erst jetzt fiel ihr auf, dass sie mit den wenigen Mark in ihrem Geldbeutel nicht mal ein Hotel hätte nehmen können.

Der Umgang mit Geld war ihr lästig.

»Du musst dein Geld besser einteilen!«, pflegte ihre Mutter immer schon zu sagen. Für sie und ihre kaufmännische Denke war das einfach. Gernhardt drückte es so ähnlich aus. »Du bräuchtest nur die Kontoauszüge zu analysieren, dann wüsstest du, was zu tun ist.« Vielleicht hätte sie ihre eigene Weise, mit Geld umzugehen, entwickeln müssen? Das hätte sie doch schon längst getan, wenn es ihr leicht gefallen wäre. Sie hatte schon genügend um die Ohren. Alles schaffte sie einfach nicht.

Es reichte doch, wenn Gernhardt sich um das Geld kümmerte! Wo sie doch die Kinder versorgte, zur Schule brachte, in den Kindergarten, und dann in diesen Laden ging, mittags für ein Mittagessen sorgte und abends für ein Abendessen, die Hausaufgaben der drei Größeren kontrollierte, die Kinder zu Bett brachte mit Lied, Gutenachtgeschichte und viel Geduld – um dann müde vor dem Fernseher einzuschlafen.

»Wie langweilig du bist!«, sagte er dann schon mal zu ihr, wenn er mit ihr zusammen auch noch den Spätfilm im Fernsehen ansehen wollte.

***

San Francisco. Durch die Glasabtrennung hindurch sah sie ihn schon stehen. Sie hätte hüpfen können vor Erleichterung! Da stand er.

Doch als er sie bemerkte, schleuderte er die Arme nach oben und schlug inbrünstig die Hände vor seinem Gesicht zusammen. »Da bist du ja endlich!«, fuhr er sie an. Dabei schüttelte er heftig den Kopf. »Seit einer Ewigkeit warte ich schon hier!« rief er und rollte mit den Augen.

»Ein Anschlussflug ist gecancelled worden, hat man dir das nicht mitgeteilt?«, stieß sie hervor und warf sich nur noch an seine Brust.

»Ich konnte nichts anderes tun als hier warten, stundenlang! Als ob ich nichts Besseres zu tun hätte!« Er bebte vor Gereiztheit. Dann gab er ihr einen Kuss. »Als ob wir unendlich viel Zeit hätten! Ich habe richtig gerackert, dass ich alles geschafft habe!«

Unsicher sah sie ihn an, wollte noch etwas sagen, doch schon nahm er ihren Koffer und eilte aus dem Flughafengebäude hinaus.

***

Seine Weingeschäfte waren erledigt. Es sei alles zu seiner Zufriedenheit verlaufen, sagte er. Gute Bedingungen habe er herausgehandelt, der Dollarkurs sei ja gerade sehr günstig. Sie könnten auf einen guten Geschäftsgang hoffen, denn mit kalifornischen Weinen könne er auch an größere Lebensmittelketten oder Kaufhäuser herantreten und die Lieferungen auch bedeutender Mengen organisieren. Einen ganzen Schiffscontainer nach Rotterdam habe er geordert, erklärte er ihr stolz. Unter anderem bei einem renommierten Winzer, der am Intercontinental Hotel in San Francisco beteiligt sei. Zwei kostenlose Übernachtungen für den Abschluss ihrer Reise habe er da herausgeschlagen! Fünfsterneluxus in Gold, Marmor und Vollholz würde sie dort erwarten! Ein schöner Übergang zwischen Hawaii und München, meinte er. Susanne freute sich für ihn, weil er so stolz auf seine Erfolge war. Doch insgeheim rechnete sie schon die neun Stunden Zeitverschiebung und die Uhrzeit aus, wann sie am Telefon ihre Kinder erreichen konnte, bei Karin, bei Monika, bei Oma.

***

Maui. Susanne war seit sechs Uhr hellwach, obwohl sie von der langen Reise so müde war! Doch darüber dachte sie nicht weiter nach, so war es eben. Das Leben war schließlich kein Zuckerschlecken.

Hunderte Kolea-Vögel in den üppig wuchernden Banyan-Trees kreischten sich lauthals gegenseitig ihren Guten-Morgen-Gruß zu. Unten mussten wohl mehrere Gartenwärter zu Gange sein, die die Anlage wässerten, damit dieses Paradies noch paradiesischer wurde.

Sie hörte die Wellen schlagen. Langsam wurde es hell. Es war warm. Von ihrem Bett aus konnte sie, zwischen Palmen hindurch, auf den Ozean sehen. Wild und wütend klatschten die Wellen an den Strand, obwohl er doch Stiller Ozean hieß!

Gernhardt lag unbedeckt zwischen ihr und dem Fenster. Sie ließ ihre Augen über seine blonden Haare und seinen langen breiten Rücken schweifen. Der Bauch, der Berufsbauch, wie er ihn nannte, der durch die letzten Geschäftsessen noch größer geworden war, lag auf der Fensterseite. Sie rutschte auf sein Bett hinüber, hängte sich ein, genoss das wohlige Gefühl, ihn zu spüren.

Auf einen Strandlauf hätte sie nun große Lust! Mit ihm! Wenn er doch mitkäme! Wie schön das wäre! Zu zweit am Strand entlang joggen. Ja, jetzt, morgens um sieben! Aber das brauchte sie ihn gar nicht zu fragen. Er würde nur verständnislos und unmutig den Kopf schütteln.

Wusch, die Gischt schlug hoch auf. Der berühmte Ka'anapali Beach vor ihrem Fenster! Neugierig war sie nun doch! Um acht Uhr schließlich ging sie allein hinunter. Haushohe Wellen jagten einander unermüdlich. Hawaii.

Sie beide. Nur sie beide. Endlich stellte sich Genuss bei ihr ein. Keine wichtigen Erledigungen, die jetzt sofort durchgezogen werden mussten, keine gesellschaftlichen Verpflichtungen. Er und sie, als Paar, in ihrem Liebesnest Hawaii, weit fort von allem, was funktionieren musste.

Sie war ganz bei sich selbst, als sie barfuß an elegant gekleideten Menschen vorbei lief, durch die großzügige Hotelanlage mit all ihren Bars und den Essplätzen, wo man schon am Morgen einen Cocktail ordern konnte, und wo am Mittag und Abend polynesische Küche angeboten wurde.

Ja, diese Küche begeisterte sie beide. Die Gemüse knackig gebraten, fast roh, angereichert mit Tofu und nur mit etwas Sojasoße abgeschmeckt; Hähnchen-, Enten-, Kaninchenschenkelchen saftig gegrillt, sweet & sour überpinselt; Luau pork; Gerichte aus dem nahen Japan: Sushi und Sashimi mit Reis; Poi, der Tama-Rindenbrei, nein, der musste aber nicht sein, den fanden sie beide scheußlich.

Nach zwei Tagen:

Machten sie eine Whale-watching-Tour oder einen Snorkeling-Ausflug? Helicopter-sightseeing? Oder gar nichts? Am Strand liegen, im lauen Wind, gelegentlich schwimmen, hinaus ins freie, warme Meer? Wer drängte sie? Warum streiten? Sie fanden jedes Mal schnell eine gemeinsame Entscheidung. Was stand schon auf dem Spiel? Nahmen sie einen Banana Daiquiri oder noch einen Blue Hawaii im Vorbeigehen an der Bar?

Kein Zeitplan drängte, bis wann etwas geschafft sein musste. Keine Freunde, denen man sich beweisen wollte, keine Kinder, die erst Ruhe gaben, wenn ihre Sonderwünsche erfüllt waren.

Nach vier Tagen:

Ausflug mit einem kleinen Flugzeug nach Waikiki Beach. Royal Pineapple Drink an der Außenbar des Royal Hawaiian Hotel. Mächtige Gladiolensträuße in mächtigen Vasen. Pina Colada. Honolulu. Blue Hawaii.

Mai Tai. Chi Chi. Hotels. Wolkenkratzer. Diamond Head. Hofbräu. Hofbräu!

Endlich Bier für Gernhardt. Das Weißbier schmeckt wie zu Hause, sagte er. Ein braunhäutiges Hawaii-Mädchen, die Bedienung, setzte sich auf Gernhardts Schoß und umschlang seinen Hals, für das exotische Foto, das er zu Hause den Freunden zeigen wollte. »Hofbräu Waikiki« war auf ihrem Dirndl zu lesen.

Bananenplantagen. Das wilde Meer. Wellenreiter an seiner Brechungslinie.

Zwei Wochen lang spielten sie das unbeschwerte Hawaii-Spiel.

Täglich um acht Uhr früh rief sie jeweils nacheinander die Kinder an bei ihren Gastfamilien, da war es in Ismaning sieben Uhr abends und alle waren zu erreichen. Susannes Bedauern, nicht bei ihnen zu sein, zog sie immer wieder kurz nach unten. Doch die Kinder klangen fröhlich. Und die betörende Umgebung, die sie umfing, fesselte ihre Sinne sofort wieder.

***

Wieder am Flughafen reagierte Susanne wohl tatsächlich eine Sekunde nach ihm, wunderte sie sich. Die Hände gen Himmel geworfen, nach Luft japsend, so schien er zu ringen mit ihr, dieser Unverständlichkeit von Person. Wie konnte sie nur an Gepäckprüfung »2« anstehen (zwei Leute), wenn an Gepäckprüfung »1« links drüben nur einer anstand! Wie konnte sie nur!

Er schüttelte heftig den Kopf und rollte die Augen nach oben, als ob er seine Missbilligung noch unterstreichen wollte. Nochmal warf er die Hände hoch, als sie erschrocken zu ihm zurückkam.

»Ich habe nicht nach links gesehen!«, sagte sie entschuldigend. »Ich bin einfach an einen offenen Schalter gegangen, und ich hätte gewartet, bis ich dran bin.«

»Du hast es ja nie eilig!«, schnauzte er sie an. »Immer muss ich mich um alles kümmern!«

Sie spürte, wie sie zusammenzuckte, wie so oft. Wie sie schon wieder den Kopf einzog, ihren Rücken rundete.

Sie hatte den linken Schalter tatsächlich nicht gesehen. Sie war ganz ruhig gewesen, Eile empfand sie nicht für nötig. Sie hatten doch noch Zeit, oder?, dachte sie und fand dies auf ihrer Armbanduhr bestätigt.

Wieso machte sie in seinen Augen immer alles falsch?

Sie war niedergeschlagen und gleichzeitig wütend auf sich selbst. Es konnte nur ein Spiel gewesen sein! Keinen Augenblick konnte sie ernsthaft geglaubt haben, seine Geduld sei nun endlich fürs Leben gebongt. Seine rührende Besorgnis um ihr Wohlbefinden, die ihr so guttat, nach der sie sich sehnte, für die sie schließlich mit ihm zusammen war, für die sie so viel arbeitete. Deswegen hatte sie ihn doch geheiratet! Das Wohlgefühl, das nur er ihr vermitteln konnte! Wenn er, ja wenn er sich nur die Zeit nähme, neben ihr herzugehen. Stattdessen zog er sie immer nur hinter sich her. Immer schnell, schnell musste es gehen. Doch sagte sie nichts. Sie wollte keinen Unfrieden, mochte sich nicht erklären, er würde es ohnehin nicht verstehen, dachte sie. Und sicher hatte er sogar recht. Vielleicht war sie ja zu langsam.

Beklommen schrieb sie am Abend in ihr Tagebuch:

»Ich kann mich nicht wehren. Eine Geisterhand hält mich fest. Ich schwimme, mit großem Kraftaufwand, gegen alles, was mich so sehr treibt. Ich will mich nicht treiben lassen – nein – ich habe durchaus meine Vorstellungen – ja – nur würde er sie nicht verstehen – nein – ich will es ihm klarmachen – ja. Und dann rede ich, erkläre ich, zeige es ihm auf. Dann komme ich ein Stück weiter – doch wusch, packt mich wieder sein Strudel, wirft mich zurück. Es sind seine Worte, es ist seine Haltung, wenn er so dasteht, mit erhobenen Händen fuchtelt, ein Geist, genauso wie Mutti, als ich ein Kind war, genau so. Ich kann nichts dagegen tun.«

***

Nun hatten sie noch zwei Tage in San Francisco. Susanne bemühte sich, Gernhardts Erfahrungen nachzuempfinden.

»Du musst unbedingt die Golden Gate sehen!«, sagte er. Doch konnte Susanne seine Begeisterung nicht teilen. Oft hatte sie schon eine Abbildung gesehen. Höchstens das war neu für sie: Orangefarben war die Golden Gate, hässlich orange, fand sie, wie Mennige, das man zum Vorstreichen für Eisen verwendete. Nein, eigentlich fand sie die Brücke nicht schön. Doch wollte sie Gernhardt nicht widersprechen.

Nicht, dass er wieder wütend wurde!

Wortkarg folgte sie in den nächsten zwei zur Verfügung stehenden Tagen ihm und seinen Freunden, die er auf seiner Wein-Einkaufstour kennengelernt hatte. Freundlich, höflich, immer lächelnd. Und das also war Fisherman's Warf. Schön, schön. Begeistert hatte sie auf dem Herflug in ihrem Reiseführer gelesen, man müsse hier unbedingt Krabben auf Sourdough Bread essen. Das hätte sie jetzt gerne probiert. Doch die anderen wollten lieber später ein richtiges Restaurant besuchen.

In einem feinen Restaurant in Chinatown (das Susanne so eng nicht fand, wie sie alle sagten, denn eng war es eher bei ihnen zu Hause mit der großen Familie und in ihrem kleinen engen Laden, aber das behielt sie für sich) nahm man China-Ente zu sich. Danach schimpften die Freunde das Tier »jumping duck«, denn sie alle hatten nach dem Essen einen »hüpfenden Magen« und ihnen war schlecht bis zum Abend. Dabei hatte Susanne im Flugzeug vier gute Chinarestaurants in ihrem Buch angestrichen. Aber sie hatte nichts gesagt. Sie war mal lieber still. Nicht, dass sie was Falsches sagte und Gernhardt blamierte. Sie konnte sich ohnehin nicht alles merken, was die anderen alle schon wussten, sie verstand ja kaum ihren Californian Slang.

**

In einem unbeobachteten Moment träumte sie:

Ich sitze am Tisch, irgendwo mitten in der Stadt, komme ins Reden mit Tischnachbarn, ich frage sie was, sie fragen mich was, ich erprobe meine Kenntnisse aus neun Jahren Englischunterricht, komme gar nicht mal so schlecht klar, ich überlege, ob Perfekt oder Imperfekt, ich meine, richtig zu entscheiden, verwende den Infinitiv nach »ask« und »want«, dann einfache ing-Form, schließe nach »succeed« das Gerund richtig mit »in« an ...

»Komm Susi, gehen wir weiter!«, hörte sie da.

In der kleinen chinesischen Grocery wäre sie sehr gern noch geblieben, um noch länger das exotische Duftgemisch aus Sandelholz und Myrrhe und Tausend-und-eine-Nacht in sich aufzunehmen, um die vielen fremdartigen Dinge zu erfassen. Sie war so langsam, ganz viel Zeit wollte sie hier verbringen und staunen, sie versank im Schauen, konnte die unzähligen schönen Kleinigkeiten nicht auf einmal begreifen, wollte das eine oder andere als Mitbringsel kaufen. »Komm Susi, wir gehen weiter!« Sie löste sich aus ihrer Versunkenheit, verstohlen bezahlte sie noch schnell an der Kasse ein paar Blumenketten und huschte wieder den anderen hinterher.

Die verpönten Touristenshops faszinierten sie. So viele Ideen, um sich zu verkaufen, hatten sie da, lustige Hinweisschilder, ansprechende Auslagen, oh, was man hier alles lernen konnte, wie viele Ideen für den eigenen Laden man hier abschauen konnte! »Das findest du doch überall«, sagten die anderen und zogen sie fort.

Doch Susanne war in ihren Gedanken längst nicht mehr bei ihnen. Niedergedrückt war sie abgetaucht in verzweifelte Selbstvorwürfe. Ich kann mich nicht einbringen! Ich bin ihnen zu langweilig! Die haben Spaß zusammen, schau sie dir doch an! Nur ich nicht. Was mache ich nur falsch?

Bin ich denn verdammt dazu, allein durch die Welt zu gehen, um zufrieden zu sein? Nur weil ich anderen meine Wünsche nicht deutlich genug vermitteln kann? Werde ich in zehn Jahren nur noch mit dem eingefrorenen Lächeln der Mona Lisa Leiden an diese Welt signalisieren?

Versunken trottete sie hinter den anderen her.

Aufmüpfig sein hieße doch aber auch, meine Ehe aufs Spiel setzen, dachte sie weiter. Dann müsste ich mich ja Tag und Nacht mit Gernhardt streiten. So wie meine Eltern das heute noch tun. Ich hasse es! Nein, das will ich nicht. Ich will eine gute Ehe führen! Ich halte den Mund!

**

Auch in den folgenden Monaten, längst zurück zu Hause, hielt Susanne den Mund. Versuchte sich nur durchzusetzen, wenn ihr der Kragen platzte, ihr die Hutschnur riss, wenn nur noch ein i-Tüpfelchen zum Explodieren fehlte, wenn ...

Dann wunderten sich die Menschen um sie herum über sie, die Stille, die Ruhige, immer Besonnene. Und Gernhardt konnte sie mit ein paar kräftigen Ausdrücken, gegen die sie keine Argumente wusste, wieder zum Schweigen bringen.

»Du löst dich von mir!«, sagte er, wenn Susanne versuchte, ihm gegenüber ihre Gedanken zu äußern. »Du lässt mich allein mit meinen Sorgen!« und »Du bist nicht auf meiner Seite!« Sie wollte sich aber weder lösen, noch ihn allein lassen, noch sich gegen ihn wenden. Sie konnte ihm einfach nicht vermitteln, dass sie nicht nur sein Anhängsel sein wollte.

***

Die lautstarken i-Tüpfelchen-Situationen nahmen immer mehr zu, Susannes Wohlbefinden nahm mehr und mehr ab. Die vier Kinder, das Gourmetrion und sein Weingroßhandel forderten ihre ganze Kraft. Für die ruhigen, bedächtigen Gespräche mit Gernhardt, die sie sich so sehr wünschte, die sie für so nötig empfand, gab es immer weniger Gelegenheiten, und zudem verstand sie Gernhardt. Der wollte ja in der knappen Freizeit auch mal Freunde einladen und Partys feiern, nicht nur reden. Und auch mal Urlaub machen, aber mit lustigen Freunden!

Auch der Hawaii-Aufenthalt war mit einem lustigen Fest mit vielen Freunden und vielen Cocktails abgeschlossen worden. Wieder hatte Susanne Spaß und Leistungskraft eingebracht, flink und schnell hatte sie sich um die Organisation gekümmert, ihr Haus aufgeräumt, Gernhardts Kochkünste in der Küche unterstützt, den Tisch mit den Tellerserien hübsch gedeckt und für seine Weinauswahl, die er in einem stabilen Koffer mitgebracht hatte, weil die Schiffscontainer mehrere Wochen zur Anlieferung brauchten, jeweils die richtigen Gläser bereitgestellt: die eleganten schmalen Stielgläser für die Weißweine, üppige Schwenkkelche für die Roten. Jeweils mehrere davon für jede Person, damit man die neuen Weinsorten miteinander vergleichen konnte.

Witzige Dekorationen waren Susanne eingefallen, als Bar für die vielen geplanten Cocktails stellte sie das lange Surfbrett aus der Garage im Wohnzimmer auf, mit guter Laune empfing sie ihre Freunde an der Tür und hängte einem jeden eine Blumenkette aus der chinesischen Grocery um den Hals. Ja, den Gästen gegenüber waren sie beide ein eingespieltes Team.

***

Ab August schon musste für das Weihnachtsgeschäft eingekauft werden, damit die umsatzstärkste Zeit des Jahres voll ausgeschöpft werden konnte. Ab Ende September kamen täglich Sonderlieferungen, die in dem kleinen Laden mit dem kleinen Keller untergebracht werden mussten. Um die vielen zu erwartenden Zusatzaufträge an Geschenkkörben, Weingeschenkkisten, an gehäuften Partyservice-Aufträgen für weihnachtliche Betriebsfeiern abwickeln zu können. Dezember würde wieder einmal ein Horrormonat für Susanne werden. Die Kinder wieder nebenher laufen. Zu den St. Martins-, Advents-, Nikolaus-, Weihnachtsfeiern in Kindergarten und Schulen würde sie auch dieses Jahr nicht gehen können. Während Gernhardt sich über die guten Umsätze freuen würde und auf die nächste Hawaii-Reise, die sie sich dann wieder würden leisten können.

***

Die Abstände, in denen Susanne Erholung suchte, wurden immer kürzer. Immer öfter unterliefen ihr Fehler in der Planung im Geschäft. Sie vergaß Termine, zu denen kalte Buffets bestellt waren – wie peinlich! Wie ärgerlich für die Kunden. Oder sie plante nicht genügend Personal ein, so dass großer Stress im Laden entstand. Sie traf falsche Entscheidungen bei Warenbestellungen, so dass viele Artikel zu früh ausgingen oder wegen Übermenge verdarben. An der Kasse ertappte sie sich sehr oft, wie sie Wechselgeld falsch zurückgab – schlimmer noch, meistens entdeckten es die Kunden, bevor sie es bemerkte. Ihre Handschrift konnte sie kaum selber noch lesen, so krakelig, fahrig, unsauber schrieb sie ihre Notizen. »Mama, was hab ich gesagt? Du hast schon wieder nicht zugehört!«, tadelten die Kinder.

Sie war müde. Immer müde. Nicht nur physisch. Sie konnte sich kaum noch aufraffen zu ihren Aufgaben.

Die vielen Einladungen, die für Gernhardt Lebenselixier waren, wurden ihr lästig, obwohl auch sie immer gerne Gäste gehabt hatte. Keine Ruhe, keinerlei Absprachen! Jeder entschied nur für sich selbst! Immer hinterherlaufen den Terminen, alles nur mit Mühe zu schaffen! Die Kinder meuterten, wenn es um die Erledigung der Aufgaben im Haus ging, sie machten ihre Hausaufgaben nicht mehr sorgfältig, die Lehrer riefen bei Susanne an, nicht bei Gernhardt.

Sie spürte schon lange: Auch ihre Kinder brauchten mehr Aufmerksamkeit, jedes Einzelne, Ruhe, Reden, Spielen, auch mal mit ihnen, den Eltern, nicht sie immer nur wegschicken zu Freunden.

Sollte das die nächsten zwanzig, dreißig Jahre so weitergehen? Kam da nichts Schöneres mehr? War das das Leben? Mehrfach kamen solche Fragen in ihr auf. Gerne hätte sie sich damit mehr befasst, doch mit wem sprechen? Alles drängte nur, immer schnell, keine Zeit zum Wünschen, einfach seine Arbeit tun, basta!

Wenn sie Gernhardt dann doch einmal darauf ansprach, war seine Antwort: Natürlich liebe ich meine Kinder. Aber sie werden groß und brauchen uns dann nicht mehr. Ich aber brauche dich. Wir beide müssen für unser Fortkommen sorgen, denn wir haben dann nur noch uns beide.

***

Am 11. November war das große Martinsgans-Essen im Haus angesetzt. Eltern, Geschwister und deren Familien würden zu Besuch kommen, so wie jedes Jahr.

Susanne grauste. Sie sah einen Berg Arbeit auf sich zukommen, dabei war sie so erschöpft. So unendlich müde war sie! Sie wollte absagen.

»Das kannst du mir doch nicht antun!«, reagierte Gernhardt auf ihren Wunsch. »So eine schöne Tradition ist das. So ein herrliches Fest ist das immer gewesen!«

»Komm, hilf mir in der Küche!«, rief Gernhardt dann am St. Martinstag hoch ins Schlafzimmer, wo Susanne sich hingelegt hatte, weil sie sich so ausgebrannt fühlte wie nie zuvor.

Da lag sie. Wollte aufstehen.

Na klar helfe ich. Gleich kommen sie alle. Ich muss helfen.

Wollte aufstehen. Was war denn plötzlich los?

Wie festgeklebt lag sie da.

»Ich kann nicht«, flüsterte sie.

»Komm endlich runter, ich brauch dich!«

»Ich kann nicht.« Mit aller Kraft versuchte sie, lauter zu antworten, noch einmal, so dass er sie hörte.

»Ich kann nicht! Ich kann nicht.«

»Wie, du kannst nicht! Soll ich etwa alles alleine machen, oder wie? Weil du dich wie eine alte Oma schonen willst?«

»Ich kann nicht!«

Susanne lag da, lag einfach da. Sie wollte aufstehen. Sie wollte ihm zur Hand gehen, wie immer. Sie wollte –

Sie konnte sich nicht bewegen. Sie lag auf ihrem Bett. Befahl sich aufzustehen. Doch ihre Beine hoben sich nicht. Keinen Millimeter. Wie von einem starken Magneten nach unten auf die Matratze gezogen. Ihre Arme, nichts. Nichts konnte sie bewegen. Nicht einmal die Finger rührten sich noch. Sie wünschte sich, aufzustehen. Natürlich wollte sie aufstehen und mithelfen. Doch sie konnte nur hauchen:

»Ich kann nicht.«

Gernhardt war hochgekommen und stand an ihrem Bett.

»Du willst nicht!«, schrie er sie wütend an, warf die Arme hoch, rollte mit den Augen. In kurzen Bewegungen schüttelte er ungeduldig den Kopf. »Du kannst doch nicht einfach liegen bleiben!« In seinen Augen stand empörtes Entsetzen. Gleich kämen die Gäste. In der Küche noch Drunter und Drüber, der Tisch noch nicht gedeckt, die Garderobe im Eingangsbereich noch übervoll mit Kinderjacken und vielen Schuhen, da konnte keiner durch –

Ja, das wusste sie. Immer hatte Susanne das Haus aufgeräumt. Das wünschte Gernhardt so, wenn Gäste angemeldet waren.

»So kann man doch keine Gäste empfangen, wie es bei uns aussieht!«, schrie er sie an. »Und du liegst im Bett und willst Madam spielen!«

Susanne lag da und rührte sich nicht.

»Jetzt reiß dich endlich zusammen und steh endlich auf!«

»Ich kann mich nicht bewegen.«

Mit den Händen ringend, den Kopf heftig schüttelnd und laut schimpfend ging Gernhardt in die Kinderzimmer. Hielt die Kinder an, mitzuhelfen beim Aufräumen und Herrichten. Sie gehorchten auf der Stelle seinem scharfen Tonfall. Susanne hörte das Geschirr klappern, die Gläser auf dem Tisch klirren, das Rascheln von Tüten, in die die Schuhe gestopft wurden, um sie im Keller verschwinden zu lassen mit all den herumliegenden Spielsachen. Die Düfte der Gans und der Enten aus der Küche wallten zu ihr hoch. Ja, sie wollte helfen, wollte ihn gar nicht allein lassen mit all dem, sie wollte doch ihren Part erfüllen, so wie immer eben, sie konnte ihn doch jetzt nicht allein lassen –

Ein wildes Durcheinander in ihrem Kopf. Doch ihr Körper lag unbewegt da. Sie strengte all ihre Fantasie an und überlegte verzweifelt, wie sie sich unaufwändiger und schneller als geplant anziehen könnte, ob sie wirklich noch die Haare richten müsste –

Erneut versuchte sie, die Beine von der Matratze zu lösen und aus dem Bett zu heben.

Als sie ein heftiges Weinen überfiel. Sie weinte, weinte, weinte, schluchzte laut, immer lauter, jetzt fängt sie auch noch zu heulen an, hörte sie Gernhardt von unten stöhnen, und da läutete auch schon die Türglocke.

Laut schluchzte sie. Die Kinder kamen abwechselnd zu ihr hinein, Lisa, Raffael, Dominik, Markus, sie fragten verstört, was denn los sei mit Mama, doch sie konnte nichts anderes hervorbringen als ein mattes: »Ich kann nicht aufstehen.«

Auch als ihre jüngere Schwester an ihr Bett trat, konnte sie nicht mehr sagen als das.

»Jetzt stell dich doch nicht so an!«, stieß auch sie aus

und stapfte mit dem Fuß auf, bevor sie das Schlafzimmer verließ.

»Ihr ist nicht wohl«, hörte sie Gernhardt der Familie erklären, »lasst sie in Ruhe heute. Sie kann nicht runterkommen.«

Tatsächlich ließ man sie schließlich ungestört liegen. Ihre Anspannung wechselte sich ab mit kraftloser Atemlosigkeit, erneutem Schluchzen und innerer Leere. Als über längere Zeit niemand in ihr Schlafzimmer gestürzt kam, empfand sie endlich tiefe Ruhe. Sie spürte ihre Glieder noch schwerer in das Bett hineinsinken. Dann konnte sie endlich einschlafen; sie schlief und schlief. Die anderen ließen sie bis zum nächsten Nachmittag einfach nur schlafen.

Die folgenden Tage und Wochen im Vorweihnachtsgeschäft konnte Susanne nur mit halber Kraft arbeiten. Sie tat ihre Pflicht, so gut sie konnte, doch der Schwung blieb aus, den Kunden und Freunde und Gernhardt so an ihr schätzten, die sportliche Schnelligkeit, das fixe Erledigen, die schnellen Entscheidungen, das fröhliche Lachen, die »mitreißende Lebensfreude«, die sie ihr häufig attestiert hatten.

Gernhardt, der viele Tätigkeiten von Susanne zusätzlich übernehmen musste, wurde zunehmend aggressiver. Er schaffte einfach nicht alles, und seine Frau hielt sich in ihrem Engagement vornehm zurück, warf er ihr lautstark vor.

»Dass du mich so hängen lässt! Im Weihnachtsgeschäft! Wo wir fast die Hälfte unseres Jahresumsatzes erwirtschaften! Darüber machst du dir wohl nie Gedanken, wie wir weiter leben sollen, was?«, reagierte er wütend. »Aber Geld ist ja nicht so wichtig für dich!«, höhnte er. Susanne war sehr bedrückt von ihrer Schwäche. Sie war doch sonst immer die Powerfrau gewesen! Als Übertyp bezeichneten sie manche Kunden. Sie wollte ihre Energie wieder haben! Laufen, rennen, powern, ja, sie wollte doch arbeiten –

Keine Chance. Susanne blieb schwach.

Mehrere Wochen. Bis in den Januar hinein.

Gernhardt blieb vorwurfsvoll.

»Du ziehst dich aus unserer gemeinsamen Verantwortung zurück!«

»Du lässt mich allein mit dem Laden, wo ich doch auch noch den Weingroßhandel habe!«

»Du weißt genau, dass ich es allein nicht schaffe!«, und:

»Im Januar, da wollte ich doch mit dir wieder nach Hawaii fliegen!«

Susanne war aufgeschreckt, weil sie nicht mehr konnte. Die Diagnose »Depression« – sie hatte schon mal gehört, dass es so etwas gab – hätte ihr keine Erleichterung gebracht. Das war ein geächteter Zustand, über den man nur hinter vorgehaltener Hand und bei geschlossenen Türen sprach.

Am liebsten wollte sie nur noch liegenbleiben und sterben. Dann müsste sie sich um nichts mehr kümmern, sich niemandem gegenüber mehr rechtfertigen. Sich einfach hinlegen –

Die Kinder, nur die Kinder, nicht Gernhardt, gingen ihr durch den Sinn. Nein, die konnte sie nicht auf diese Weise zurücklassen. Für sie wollte sie doch eigentlich mehr da sein! Sterben, nein, damit würde sie ihnen nicht weiter helfen, im Gegenteil, sie würde sie schon wieder allein lassen. Doch wo ansetzen, wie anfangen, etwas zu ändern – und was überhaupt? Wie kam sie jemals aus diesem eingefahrenen Leben hinaus? Gernhardt, der Lebensunterhalt, das Geschäft, der Weingroßhandel, das Haus, die gemeinsamen Freunde. Es war alles ineinander verstrickt, ihre Wege waren verschlungen, wie ein harter harter Gordischer Knoten.

Doch wie ihn auseinanderschlagen? Mit welchem Schwert, an welchem Punkt?

Vielleicht stellte sie sich ja tatsächlich an. Anderen ging es auch schlecht. Karin zum Beispiel hatte sie geschockt mit der Nachricht, dass sie Brustkrebs habe und operiert werden müsse. Im Gegensatz dazu ging es ihr, Susanne, doch gut?

»Mama, musst du auch repariert werden?«, fragte sie der kleine Raffael eines Abends, als sie ihn zu Bett brachte.

Verdutzt schaute sie ihn an, dann brach sie in ein erleichtertes Lachen aus.

Sie nahm ihren kleinen Sohn in die Arme und drückte ihn zärtlich an sich.

»Nein, Mama muss nicht operiert werden«, sagte sie lächelnd.

Der kleine Schatz wusste genau Bescheid. Natürlich! Ja, sie musste zur Reparatur gehen. Sie musste es sich eingestehen. Sie war krank. Nicht wirklich, doch in Wirklichkeit – war sie krank. Sie musste dort hingehen, zu der psychologischen Beratungsstelle. In der Münchner Straße hatte sie das Schild gesehen. Wofür gab es die denn sonst? Jawohl, auch für sie gab es die. Und für Raffael. Die würden seine Mama dort reparieren. Und für Lisa und Dominik und Markus würde sie den Schritt wagen.

Ja, sie würde sich einen Termin geben lassen. Ja, sie wollte ihr Leben wieder leben, in Kraft, mit Power, sie wollte für ihre Kinder wieder zum Übertyp werden.

Gernhardt? Er würde ihr nicht dabei helfen können. Nein, er nicht. Für ihn nicht. Für sie selbst würde sie jetzt ihre ganze Kraft brauchen.

Vor ein paar Tagen hatte sie eine Kundin im Laden, die wortwörtlich sagte: Ich liebe mein Leben. Was musste passieren, dass auch sie, Susanne, so einen Satz sagen konnte? Ich liebe mein Leben.

Ihr kleiner Raffael hatte ihr die Antwort beigebracht. Sie musste sich reparieren lassen! Ihr Räderwerk wurde durch zu viel Reibung gebremst. Vielleicht fehlte nur ein wenig Öl?

Schon am nächsten Tag erhielt sie einen Termin bei ihrer Ansprechpartnerin.

»Wir beantragen als Erstes eine Kur für sie, am besten eine Mütterkur.«

»Eine Kur?«

Susanne erschrak. Schon wieder irgendwohin wegfahren! »Wo denn?«

»Wo möchten Sie denn am liebsten hin?«

Unsicher schaute Susanne das freundliche Gesicht hinter dem Schreibtisch an. Durfte sie hier wirklich Wünsche äußern?

Die Frau sah sie erwartungsvoll an.

War das möglich? Ein einziges Rattern in Susannes Kopf. Wieder sah sie die Frau an.

So gerne wäre Susanne mal an die Nordsee gefahren. Dort musste es unwahrscheinlich schön sein. Doch Gernhardt hatte immer nur in den Süden gewollt, Italien, Südfrankreich, wo er seine Weine für sein Geschäft probieren und kaufen konnte. Oder nach Hawaii ...

Dann belebte sich Susannes Gesichtsausdruck. Mit fester Stimme sagte sie:

»An die Nordsee. Ich möchte an die Nordsee.«

Die Dame nickte.

»Mit Raffael, meinem Jüngsten.«

Wieder nickte die Dame. War es wirklich so einfach?

Susanne lehnte sich auf ihrem Stuhl zurück.

»Ja, an die Nordsee.«

»… zur Reparatur«, fügte sie lächelnd hinzu.

Frau Fall und ihr Herr Psychologe

Angenommen, man ist eine Frau und achtunddreißig und noch ganz gut drauf und mitten in der Midlifecrisis, und man fühlt sich aber ständig beobachtet, als ob man unter Verfolgungswahn litte. Dann sagen die Leute, da könne man was dagegen tun: Man nehme sich nämlich einen Psychologen.

Dagegen ist nichts einzuwenden.

Und nur, weil Psychologen oft im vierten Stock eines restaurierten Altbaus hinter einer großen knarrenden Eingangstür hinter kleinen alten Aufzugtüren hinter stechenden Blicken der Sprechstundenhilfe untergebracht sind, kommt ein Gefühl auf, das man von früher aus dem Wartezimmer des Zahnarztes kennt, als das mit den schmerzzerreißenden Spritzen noch nicht so üblich war. Und man erinnert sich im Wartezimmer all dessen, was man so psychologisch mal gelesen hat über das Unbewusste und über Triebe und über Tiefenpsychologie und Träume und Verdrängung und Kindheitsbewältigung und Para und Psi und wie weit es noch bis zum lieben Gott sein kann.

Und dann geht für Frau Fall, achtunddreißig und

noch ganz gut drauf und mitten in der Midlifecrisis, die Tür auf. Und er hat gar keinen weißen Kittel und keine dicke Brille und keinen durchdringenden Blick. Er begrüßt sie höflich wie ein Schuljunge und er hilft ihr nicht den Mantel auszuziehen, und während sie den Mantel über den Bügel hängt, fühlt sie sich wieder beobachtet und sie bildet sich ein, sie müsse sich beeilen, dass es nicht so aussieht, als ob sie seine Hilfe provoziere.

Und es ist gar keine Couch da, sondern sie wird von dem freundlichen großen Jungen da vorne in einen Sessel verwiesen.

Und während er vorsichtig ihre Leidensgeschichte erfragt, weiß sie gar nicht, wo sie hinschauen soll, und sie fühlt sich wie in einem Glasschrank, in dem sie nichts verstecken kann, ohne dass es gedeutet werden kann von vorne, von hinten, von seitwärts, von überall, nicht den Zwei-Kilo-Bauch der letzten trägen Tage, nicht, dass sie letzte Nacht bei einer Freundin genächtigt hat, weil ihr Mann sie nicht haben wollte, nicht, wann sie heute Morgen aufgestanden ist, nicht, wie viele so jungenhaft aussehende knuddelige junge Männer sie am liebsten schon verführt hätte, und sie fürchtet das Mene mene tekel u-parsin: gezählt, gewogen; und eingeteilt möchte sie hier nicht werden!

Und dann erinnert sie sich an die letzte Automobilausstellung, an das eine Auto mit der schicken glänzenden aufgetrimmten Fassade, und wie sie dann das Innenleben erfahren wollte: Wie viel Power der Motor drauf hatte und wie schnell es von null auf hundert war und ob sie auch durch Airbag geschützt würde und was für Nachteile es hätte im Vergleich zu ...

Denn da sitzt er nun, der Psychologe, mit großen, teilnehmenden Bernsteinaugen, die sie nicht loslassen, mit einem feingeschwungenen Mund mit ganz bestimmt weichen Lippen, die sich, von ihr aus gesehen rechts, zu einem spitzbübischen Grinsen verziehen können, sobald sie wirklich Ehrliches sagt, und mit Grübchen, wenn er lächelt, und den feinen Händen, die seine Worte eindringlich verdeutlichen, und mit idealer Mannesgröße, mindestens eins achtzig, und ihre Antworten kommen stockend, und zwischendurch bemerkt sie, dass sie mit »geil« und »krass« in die Wortwahl ihrer jugendlichen Kinder verfällt.

Und da sitzt er also ihr gegenüber, die Beine in knackigen Jeans übereinandergeschlagen, den ungefähr fünfunddreißigjährigen Kopf mit dem geraden Bubenhaarschnitt auf die Psychologenhand, auf den sportlichen Arm, auf seine Sessellehne gestützt, während er sie teilnahmsvoll ansieht, und so knuddelig sieht er aus, knuddelig bubenhaft in seinem Norwegerpullover mit dem leicht geöffneten Reißverschluss und dem lockeren weißen Hemdkragen darunter und überhaupt, der könnte doch hier wenigstens Krawatte tragen!

Wenn also der Psychologe dasitzen kann und junger Gott spielen darf, und wenn sie also Glas-Auto spielen muss und sie sich nackt fühlt, und wenn er denken könnte, wie viel Power die wohl drauf hat, wie schnell die sich wohl auszieht, ob sie sich wohl schützt, wie sie wohl abschneidet im Vergleich zu ... dann aber kann man als Frau mit achtunddreißig und noch ganz gut drauf und in der Midlifecrisis, bevor man gezählt, gewogen und für zu schwer befunden wird in dem zähen gehemmten Redefluss, dann kann man den Mantel vom Bügel reißen und ihn rasch anziehen, damit einem der Heilige nicht zu helfen braucht, und dann kann man davonhasten, vorbei an der Sprechstundenhilfe mit dem hämischen Blick, hinunter in dem kleinen alten Aufzug über vier Stockwerke, hinaus aus der großen knarrenden Ausgangstür des schönen restaurierten Altbaus.

Geister

Siglinde hielt gedankenversunken das Bündel Papier in Händen. Es war eines ihrer ersten auf dem PC geschriebenen Dokumente, noch aus der Zeit, in der sie so viel Kummer erlebt hatte. Wie stolz war sie gewesen, als sie sich Gerold gegenüber durchgesetzt und einen Computerkurs gemacht hatte. Mit dem neuen Wordprogramm konnte sie nun mühelos Tippfehler ausmerzen. Das laute Geratter, mit dem die Dateien damals auf der Diskette gespeichert wurden, lag ihr jetzt wieder in den Ohren.

Mehrere PC-Generationen waren seither vergangen, Disketten gab es längst nicht mehr, und viele Dateien waren durch PC-Wechsel oder Speicherfehler oder auch Viren verloren gegangen. Immerhin gab es noch diese Version hier, von einem damaligen Nadeldrucker auf Lochpapier ausgedruckt. Bisher hatte sie sich nicht durchringen können, die Blätter wegzuwerfen.

Allerdings war die Schrift teilweise stark verblichen, nach so vielen Jahren Hin- und Hergeschiebe von einem Papierstapel zum nächsten, von einem Umzug zum anderen.

Das Datum war noch gut zu lesen, und sie rechnete nach: 39 war sie damals gewesen, ihr Mann Gerold war 41. Was für eine schwierige Zeit! Dreißig Seiten hatte sie für ihren Psychologen zu Papier gebracht, sich darin ausführlich mit ihrer Kindheit befasst und folgsam die »Anleitung zu einem Bericht für Ihren Psychotherapeuten« wie einen Fragebogen abgearbeitet.

»Gehst du wieder zum Psychohexer?«, hatte Gerold gesagt, als sie sich erfolglos und verzweifelt von einem Psychologen zum nächsten geschleppt hatte. Dabei hätte sie Unterstützung gut brauchen können, denn in ihrem Inneren herrschte Chaos – und Angst. Sie würde sich mit ihrer Seele ausliefern müssen. Ein Psychologe würde Werkzeuge einsetzen, die sie nicht einfach anfassen konnte. Er würde damit in ihrer Unterwelt stochern und ihr Leben durcheinanderbringen. Obwohl es ohnehin schon aus den Fugen geraten war. Von der Krankenkasse wurden mehrere solcher Schnupperstunden bezahlt. Bis sie sich für Herrn Wieland entschieden hatte. Er war ihr in seiner Art zu fragen und auf sie einzugehen am vertrauenswürdigsten vorgekommen.

Im Grunde aber war es gar kein eigener Entschluss gewesen. Eigentlich war ihr einfach die Kraft ausgegangen. Ununterbrochen hatte sie eine heftige innere Unruhe gequält, die Geist, Körper und Seele durchwühlte, die sie unendlich viel Energie kostete, so dass letztlich ihre Erschöpfung den Ausschlag gab: Den nehm ich, der muss mir jetzt helfen, sofort! Ich kann nicht mehr!

Gerold schien ihren Erschöpfungszustand nicht nachempfinden zu können.

»Du bist doch ein Fall fürs Irrenhaus!«, kommentierte er Siglindes Bemühungen um Besserung ihrer Verfassung.

Erst Jahre später, als sie etwas mehr Abstand zu sich und ihm gewonnen hatte, kam ihr der Verdacht: Solche Aussprüche, die sie so sehr verletzten, entstanden aus seiner eigenen Verzweiflung. Er hatte Angst in dieser für ihn neuen, unübersichtlichen Situation, dass seine Frau eine Kursänderung vornehmen würde, ohne ihn. Er wusste wohl einfach nicht, wie er anders damit umgehen sollte, erklärte sie sich seine hässlichen Worte.

Sie fuhr mit dem Finger über den perforierten Rand des Lochpapiers, als ob sie damit der vergangenen Zeit nachspüren könnte.

»Die Familienatmosphäre in meinem Elternhaus habe ich als eher bedrohlich und unharmonisch in Erinnerung«, las sie da.

Ja, so war das. Tatsächlich hatte sie sehr lange gebraucht, um endlich das heute freundliche Verhältnis, das sie zu ihren Eltern pflegte, zu erreichen. Ja, sie hatte gute Arbeit geleistet in den vergangenen Jahrzehnten.

»Meine *Mutter* kenne ich als resolute Powerfrau«, las sie weiter, »die mit viel Intuition sowie durch ihr Temperament und ihre Energie alles Friedvolle in ihrer Umgebung in Aufruhr bringt und mitreißt. Diese Eigenschaft erkenne ich oft auch in mir. Auch ich habe grenzenlose Energie – wenn ich weiß, wohin es gehen soll.

Doch seit meiner Geburt, die sie beinahe nicht überlebt hätte, war Mamas Gesundheit angeschlagen. Oft leitete sie Erzählungen über ihre facettenreichen Krankheiten mit einem bedeutungsvollen Blick auf mich ein: ›Seit ihr ... – habe ich ein offenes Bein‹.

Es klingt gemein, aber aus meiner Sicht nützte sie ihre Kränklichkeit aus: Indem sie schwach und krank auf der Couch in unserer Wohnküche lag, erzwang sich Mama Aufmerksamkeit und Rücksicht der ganzen Familie. Oft schickte sie mich Dinge erledigen, die nicht zu ihrer Unterstützung dienten, sondern die ihr selbst ganz einfach nur lästig waren. Ihr zu widersprechen hätte aber bedeutet, ihre Kränklichkeit zu übergehen und nicht ganz so ernst zu nehmen. Ihrem leidenden Blick standzuhalten habe ich bis heute nicht geschafft. Schließlich war ich schuld an ihrem Zustand.«

Siglinde erinnerte sich, dass der Psychologe sie mit nachdrücklichen Worten dazu aufgefordert hatte, schonungslos ihre Gedanken darzulegen und vor Schuldzuweisung nicht zurückzuschrecken. »Denn erst wenn eine Anschuldigung benannt ist«, so erklärte ihr dazu Herr Wieland, »kann man sie aufgreifen und eine Klärung herbeiführen.«

Im Text ging es weiter:

»Mein *Vater* ist ein eher nachdenklicher Mann, mit dem Schicksal hadernd, still, zurückhaltend, visionär. Und dann, wenn er mal wieder alles satthat, ist er plötzlich explosiv, jähzornig, aufbrausend, reizbar, auffahrend, unbeherrscht, unkontrolliert und dadurch unberechenbar, aggressiv, cholerisch, dabei verbissen ehrgeizig. Mit 58 Jahren kam er in den Ruhestand, nachdem er wegen Depressionen drei Jahre nicht mehr arbeiten konnte und in Kurkliniken verbracht hatte. Er ist heute 71«, las Siglinde.

»Vater und Mutter, so empfinde ich, vereinigen sich in mir zu gleichen Teilen. Das Spannungsfeld, das die beiden mir zeitlebens von außen vorgaben, erlebe ich also in meinem Inneren, und es gelingt mir nicht, es zu entschärfen.

Meine Eltern haben sehr viel gestritten und streiten noch heute sehr viel. Ich fand und finde es immer noch unerträglich, wenn sie sich gegenseitig demütigen, bevor dann ohne Einigung die Türen knallen. Leider streiten auch mein Mann und ich sehr viel.«

Immer wieder konnte Siglinde mehrere Passagen oder sogar Seiten aus dem Papierbündel nicht mehr lesen, da sie zu stark verblichen waren.

Dann hatte sie in einigen Zeilen Fragen zu ihren Geschwistern beantwortet:

»Meine Mutter liebte meinen *Bruder Jürgen* sehr (oder behandelte sie ihn deswegen bevorzugt, weil er von unserem Vater oft auf verächtliche Weise behandelt und auch heftig geschlagen wurde und sie nichts dagegen tat und nun ein schlechtes Gewissen hatte?). Jürgen ist sechs Jahre älter als ich.

Ich sehe *mich selbst* als ein vordergründig liebes, braves, ordentliches, gehorsames Mädchen, mit dem man sich nicht auseinanderzusetzen brauchte. Ich verstand früh, dass Widerspruch mir Nachteile einbrachte und führte viele Dinge, die mir die Eltern verboten hatten, heimlich aus.

Meine *Schwester Nicole*, sieben Jahre jünger als ich, wird von meinem Vater als Wonneproppen beschrieben. Sie ist blond und blauäugig, also für meinen Vater, den Patrioten, ein Schönheitsideal. Auch war sie ›stark‹. ›Sie wurde in eine ruhige Wohlstandszeit hinein-geboren. Sie war sehr lebhaft, machte viel Freude und bekam alles, was sie wollte.‹ So spricht mein Vater heute von ihr.«

Immer wieder gähnte Siglinde ein Stück ergraute, papierene Leere an. Ein Stück weiter konnte sie wieder entziffern:

»Mein Verhältnis zu den Eltern ist immer noch unge-klärt kindhaft, sie mischen sich noch sehr aktiv in mein Leben ein. Oft begehre ich auf, aber eher so wie ein trotziges Kind.

(...)

Für meinen Vater war ich immer das schwächliche Kind. Ein gesundes Kind musste für ihn rundlich sein. Dann war es ein ›starkes‹ Kind. An mir sei nichts ›dran‹, sagte er oft. Im selben Zusammenhang nannte er mich sein ›Kritzimari‹. Von niemandem sonst habe ich dieses Wort gehört, ich weiß nicht, wo er es herhat. Aber sein verächtlicher Gesichtsausdruck (noch heute gehe ich in Rückzugsstellung, wenn ich mir den vor-stelle) zeigte mir seine Bedeutung: ›Du jämmerliches, erbärmliches Ding!‹. Auch meine rotblonden Haare mochte er nicht. ›Die sind hässlich, die hast du von mir geerbt‹, sagte er oft.

(…)

Sobald eine Situation leicht dramatisch wurde, kamen mir die Tränen. Ich weinte sehr oft. Mein Vater herrschte mich dann an: ›Hör endlich damit auf!‹ Er setzte sich in bedrohlicher Haltung vor mich hin und befahl mir, ab sofort nicht mehr zu schluchzen. Dadurch musste ich aber immer noch mehr weinen, ich konnte nicht auf Kommando aufhören. Daraufhin gab es meist eine heftige Ohrfeige, ›damit du weißt, warum du weinst‹.

Mein Vater ist auf dem Land aufgewachsen, da war man nicht zimperlich.

(…)

Auch meine Mutter schlug mich häufig: Mit der Rute, die, wie sie sagte, bei jedem Schnalzen nach ›Fleisch‹ rief. ›Hörst du's?‹ fragte sie mich in ihrer Rage, ›hörst du's? Und gleich nochmal!‹

Oder mit dem Lederriemen, der immer am Handtuchhalter in der Küche wartete und dort sonst keine andere Verwendung hatte; oder mit dem Nylon-Einkaufsnetz, dessen viele Knoten ganz besonders schmerzten.«

Siglinde legte das Dokument auf den Tisch. Es schüttelte sie. Was für eine Anklage hatte sie da formuliert! Wie böse das klang in ihren heutigen Ohren.

Doch erinnerte sie sich an ihre dritte Grundschulklasse.

Wie Lehrer Schikowsky nicht nur die Buben, sondern auch eine achtjährige Mitschülerin – hatte sie nicht Waltraud geheißen? – mit dem Stock verprügelte, bis sie blutete. Und das nicht nur ein Mal. Weil sie öfter ihre Hausaufgaben nicht gemacht hatte. Das Mädchen wohnte in einer sehr armen Gegend. Ihren Vater kannte jedes Kind im Ort, weil er auch tagsüber betrunken und wankend durch die Straßen torkelte. Wurde auf Familienverhältnisse in den Sechzigern etwa Rücksicht genommen? Bis 1973, so hatte Siglinde mal gelesen, waren Körperstrafen an Schulen erlaubt. Bis 1980 war Züchtigung ein Elternrecht. Siglindes Eltern waren also keine Ausnahme.

Sie beugte sich wieder über die Blätter und fuhr fort zu lesen.

»Zum letzten Mal ohrfeigte mich mein Vater – auf Anordnung meiner Mutter –, als ich fünfzehn war und ich einen bestimmten Pullover nicht mit einem bestimmten Rock kombinieren wollte. Kleidung hatte für sie ›Hauptsache ordentlich‹ zu sein. Mode war etwas Verwerfliches. In puncto Kleidung aber hatte ich immer in meinem großen Bruder einen Fürsprecher. Wir wollten uns beide eher anderen Menschen anpassen als unseren Eltern, um wenigstens von anderen Anerkennung zu bekommen.

(…)

Mein Vater hielt Hasen im Stall in unserem Garten. Mit circa zwei Jahren träumte ich von einem überdimensional großen Hasen. Ich hatte große Angst und erlitt in meinem Bettchen eine Herzattacke. Meine Mutter merkte das rechtzeitig und reanimierte mich, so erzählt sie, indem sie meinen kleinen Körper an den Beinen packte und mich, mit dem Kopf nach unten, daran kräftig schüttelte, bis ich wieder ins Atmen kam.«

Hier hielt Siglinde inne. Nachdenklich sah sie aus dem Fenster.

Wie gut, dass sie lebte. Dass ihre Mutter eine so gute Reaktion gehabt hatte.

Danke, Mama, dass ich leben darf, sagte sie halblaut vor sich hin. Und das andere – du wusstest es eben nicht besser. Hast deine eigene Erziehung weitergegeben. Auch ich habe mit meinen Kindern so vieles nicht richtig gemacht. Die Geister der Vergangenheit haben so große Macht über uns!

»Oft hatte ich böse Träume und Angst in meinem Gitterbettchen, dann weinte ich und wollte zu meinen Eltern ins Bett. Einmal kam mein Vater zu mir ans Bett und schrie mich deswegen laut an. Am darauf folgenden Morgen hatte ich hohes Fieber. Ich habe danach nicht mehr versucht, ins Bett meiner Eltern zu kommen.

(…)

Unser Leben war sehr zweckausgerichtet. Man hatte seine Pflicht zu erledigen. Den Begriff ›Basteln‹ hörte ich zum ersten Mal mit acht Jahren von Nachbarskindern. Basteln war bei uns etwas Sinnloses, Unnützes, das brauchte man nicht.

(…)

Meine Mutter schickte mich jedes Mal zum Reklamieren in den Tante-Emma-Laden zurück, wenn ich in der dicken, braunen Papiertüte ein zerbrochenes Ei heimbrachte – ob ›Tante Berta‹ unachtsam gewesen war oder ich oder ob Tante Berta es hineingeschmuggelt hatte, das konnte ich mit meinen sechs oder sieben Jahren nicht unterscheiden (Eierschachteln waren noch nicht üblich). Ich fand das Umtauschen immer sehr demütigend, erst recht, wenn Mama mich außerhalb der Öffnungszeiten schickte und ich an der Hintertür klopfen musste. Ich kann mich gut erinnern, dass es mir unmöglich war, Tante Berta gegenüber meinen Namen zu sagen, wenn sie an der noch geschlossenen Tür fragte, wer da sei. Ich konnte immer nur mit ›Ich‹ antworten, auch auf ihre erzieherisch-wiederholten Fragen: ›Wie heißt du?‹. Nie sagte ich meinen Namen, nur alleweil ›Ich‹.

(…)

Meinem Vater musste ich beim Schlachten der Hasen helfen. Er drückte mir dazu die Hinterläufe des zappelnden Tieres in die Hände. Durch einen gezielten Schlag mit dem Beilrücken auf ihren Hinterkopf tötete er das Tier. Ich habe inzwischen gelesen, dadurch bekommen die Hasen am wenigsten mit. Doch für mich ist es eine schreckliche Erinnerung, wie sie in meiner Hand aufhörten zu zucken. Unsere Hasen waren doch meine Freunde, die ich streichelte, mit denen ich spielte und denen ich Namen gegeben hatte!

(…)

Meine Mutter ließ mich an meinem ersten Schultag von

der Mutter eines Nachbarmädchens begleiten. Mama ging arbeiten. Ich war das einzige Kind, das ohne seine Mama erschien. Ich nahm ihr noch als Erwachsene übel, dass sie nicht selber mitgegangen ist und wieder einmal ihre Arbeit und das Geldverdienen mir vorzog.

(…)

Ich wunderte mich, vielleicht zwölf Jahre alt, über ein mit meinen Eltern befreundetes Ehepaar: Der Mann, Onkel Hans, bewunderte die Nylonstrümpfe und die schönen Beine seiner Frau. Und lobte anerkennend ausdrücklich auch noch die Strumpfnähte am hinteren Bein! Über ›so was‹ sprach man bei uns nicht. Meine Mutter trug meistens dicke Wollstrümpfe, lange Röcke und Wollschlüpfer bis zu den Knien, meist auch im Sommer, wegen ihrer Krankheiten.

(…)

An meine Jugend zwischen circa zwölf bis neunzehn Jahren erinnere ich mich gern. Ich hatte gute Freundinnen und fand viele Ausreden, um am Nachmittag nicht zu Hause sein zu müssen. Ich ließ mich zusammen mit meinen Klassenkameradinnen auf viele Zeitströmungen ein. Mein Gymnasium in Schwabing war eine Busstunde entfernt und ich war von zu Hause nicht zu kontrollieren. Ich krempelte mir, kaum aus dem Haus, den von Mama befohlenen langen Rock hoch zum kurzen Minirock und löste meinen Pferdeschwanz nach der Straßenecke in langes fließendes Haar, wie es Ende der 60er Jahre die Mädchen in ihrer neuen Offenheit trugen. Mittags kam ich nach der Straßenecke wieder als die brave Tochter zu Hause an.

(…)

Mit 19 lernte ich meinen Mann kennen, und ihn reizte meine kühle, ablehnende Art; die war ja aber nur gespielt. Ich war im Gegenteil innerlich sehr weich und verletzlich. Unsere zweijährige Freundschaft vor der Heirat war geprägt von meiner Zurückhaltung, meinem häufig wechselnden Ja und Nein, einem Hin und Her und meiner Angst, Gefühle herzugeben, die mir, bei mangelnder Erwiderung, wehtun könnten. Lieber kränkte ich also ihn durch eine unklare Haltung, mit mal sympathisierender Höflichkeit, mal begehrendem Verlangen und dann wieder schroffer Ablehnung, von vornherein mit der Angst im Nacken: Es ist doch unmöglich, dass er dich liebt.

(…)

Ich wurde von meinen Eltern geimpft mit dem Leitsatz ›Buben sind böse und tun Mädchen weh.‹

Für mich bestätigte sich dieser Leitsatz durch das Verhalten meines älteren Bruders Mädchen gegenüber. Er wohnte bei unseren Eltern, bis er 22 war. Jürgen wechselte seine Freundinnen sehr oft und hatte häufig Liebschaften parallel laufen. Unwirsch wies er mich an, ihn am damals üblichen Familientelefon zu verleugnen, wenn seine langjährige Hauptfreundin Renate anrief und er in seinem Zimmer ein anderes Mädchen bei sich hatte. Ich war nicht stark genug, mich meinem großen Bruder zu widersetzen, konnte seine Mädchen aber auch nicht so locker nehmen, wie Jürgen sich das wünschte. Schließlich mochte ich Renate gern, sie war immer sehr nett zu mir. Mein Bruder ist jetzt fünfundvierzig und unverheiratet und immer noch unentschieden. Sein Verhalten ist, so vermute ich, mitverantwortlich für meine Gewissheit, dáss ich machtlos gegenüber Männern bin.

Dieses schlug sich im Verhältnis zu meinem Mann als Dankbarkeit dafür nieder, dass er ›mich genommen hat‹. Aus meiner heutigen Sicht führte das in unserer Ehe zu einer für mich erst spät erkannten Gefügigkeit, Hörigkeit, Abhängigkeit. Aus der ich nun aktiv und heftig entfliehen möchte.

(…)

Ich weiß, ich stehe nicht hinter meinem bisherigen Leben, es war mehr das Leben meines Mannes, das ich geführt habe.

(…)

Nun beginne ich eine Psychotherapie, weil ich im Kampf um Liebe meine Power verloren habe.

Was ich durch die Therapie letztlich erreichen will?, so wird es in der Anleitung gefragt. Es fällt mir sehr schwer, das zu formulieren. ›Den eigenen Willen austreiben‹ war ja ein Erziehungsziel meiner Eltern. Woher soll ich nun wissen, was ich will?

Ich versuche es so:

Ich will, dass ich wollen darf, was ich wollen will.«

Siglinde hielt die Blätter gegen das Fenster. Beleuchtete

sie mit der hellen Schreibtischlampe. Sie beugte sich noch näher darüber. Mehr war nicht mehr herauszuholen. Höchstens noch einzelne, unzusammenhängende Wörter konnte sie erkennen, die keinen Sinn ergaben.

Eine Weile betrachtete sie die graugelben Papiere in ihrer Hand. Sie drehte sie und wendete sie. Legte sie auf dem Tisch ab. Schob sie weg und wieder her. Betrachtete gedankenvoll das alte Druckbild der Schriftzeichen. Blätterte nochmal nach vorne, dann wieder nach hinten. Sie hob den Blick zum Fenster. Lange sah sie den ziehenden Wolken am Himmel nach. Plötzlich kehrte große Ruhe in ihr ein. Damit beugte sie sich unter den Tisch. Und übergab die alten, fahlen Geister dem Schredder, der dort unten stand.

Das Los der Schwiegermütter

Alles wirkt sehr übersichtlich in meinem Schnecken-haus. Hier in meinen Cevennen, den wilden franzö-sischen Cevennen. So zackig und weitläufig und abwechslungsreich sind sie, wie für mich gemacht.

Ich habe meinen Kastenwagen zu einem Minicam-per ausgebaut und alles, was ich brauche, immer bei mir. Heckklappe auf, Topf raus, Wasserflasche her, Gaskocher an, kocht. Hier am trockenen Boden am Straßenrand. Ich kann mir ruckzuck einen Kaffee machen, ein Pulversüppchen, was auch immer. Ich war aufgestanden und sofort von meinem Schlafplatz los-gefahren, bin noch ungewaschen. Es ist so einfach, es ist so wunderbar, nicht zivilisiert zu sein. Nichts weiter brauche ich. Und von der Sonne gibt es beglückende Gratisstrahlen als Dreingabe. Dass ich das nicht schon früher gemacht habe!

Im Zuge der Muße, die sich mit meinem Freiheits-gefühl einstellt, schleichen sich immer wieder Erinne-rungen ein.

Diesmal an ein Ereignis, das mein Leben mehr beein-flussen sollte, als ich damals ahnen konnte.

Es ist schon mehr als dreißig Jahre her ... es war zwei Wochen vor unserer Hochzeit. Günter, der von seiner Firma für ein Jahr nach Düsseldorf versetzt worden war, besuchte mich mindestens alle vierzehn Tage in München. Erst zwei Mal war ich bei seinen Eltern in ihrem schicken Haus in Nürnberg auf Besuch gewesen.

Bei Günter in Düsseldorf war ich noch nie. Er hatte seine Wohnung nur als Übergangsbehausung angesehen und nur das Nötigste eingerichtet. Tagsüber arbeitete er lange, wochenends fuhr er meistens direkt nach der Arbeit zu mir nach München.

Nun wollten Günters Eltern, die eine Drogerie in Nürnberg besaßen und dafür auf der Messe in Düsseldorf nach neuesten Trends suchten, ihn besuchen – und ich sollte dabei sein, wünschte er sich. Ich war nicht wenig aufgeregt, als ich, nur drei Stunden vor ihnen aus München kommend, bei Günter eintraf. In wenigen Tagen würde ich seine Frau und ihre Schwiegertochter werden.

Günters Möblierung war behelfsmäßig, die Küche nur minimal ausgestattet und die Sauberkeit, nun ja, entsprach nicht dem Anspruch einer guten deutschen Hausfrau. Anders ausgedrückt: Die Wohnung war, als ich kam, ein Chaos.

Die Vorhänge, die er von seiner Mutter bekommen hatte, lagen noch über einem Sessel. Eine Tischdecke auf dem Tisch strotzte vor Klecksern. Irgendwo auf dem PVC-Boden lag recht zufällig und unnütz ein fleckiger Teppich.

Benutztes Geschirr war – immerhin – notdürftig gespült und in das Becken gestülpt, anderes Geschirr befand sich unausgepackt noch in Kartons. Und an den Fußbodenleisten ringsherum hatten sich Schwadronen von Staubflusen angesammelt. Mein Dilemma war groß. Ich sah den Schmutz und die Unordnung, und das störte mich. Konnte ich wegsehen? War ich jetzt und in Zukunft dafür zuständig, ihm seine Wohnung vorzeigbar herzurichten, um dem sauberen Standard seines elterlichen Hauses nahezukommen?

Nein, war ich nicht, entschied ich. Doch ich merkte, dass er seinen Eltern gegenüber gerne eine aufgeräumte Wohnung präsentiert hätte: »Bei meiner Mutter kannste vom Boden essen«, sagte er und sah mich dabei hilflos an. Ich hatte Mitleid – und ich beschloss, ihm zu helfen. Wir teilten also die Zeit durch zwei, frönten in der ersten Hälfte unserem Zärtlichkeitsbedürfnis und suchten dann noch schnell etwas Geschirr aus dem Karton für einen möglichst gemütlichen Abend mit den Eltern, spürten Bettwäsche auf und richteten ihnen Schlafplätze ein, räumten auf, so gut es eben noch ging. Die Zeit war schnell um.

Unser Empfangstisch war dann freilich nicht so gedeckt, wie man es in einer Hotelfachschule lernen würde: Wir boten unterschiedliche Weingläser, das Geschirr in der Reihenfolge der Auffindungskartons zusammengestellt, Salz und Pfeffer aus der Packung, und da wir in der Eile kein Besteck im Karton gefunden hatten, legten wir Einwegbesteck vor, das ich rasch unten am Kiosk erstanden hatte.

»Wie beim Camping!«, sagte ich gut gelaunt und stolz,

diese Lösungen für meine Schwiegereltern auf den Tisch gebracht zu haben.

Doch nein, das wäre zu einfach gewesen!

Meine künftige Schwiegermutter war da nämlich anderer Meinung. Entrüstet und mit spitzem Unterton machte sie sich mit pikiertem Gesichtsausdruck Luft über ihren unordentlichen Sohn und die stillose Schwiegertochter gleich mit.

Und dann kam ihr Satz, der mich nachhaltig prägen sollte: »Da bin ich beim Camping allerdings besser ausgerüstet!«

Anscheinend habe nur ich diesen Satz gehört. Denn der Tonfall ihres Ausrufs ist mir tief ins Gewissen gefallen. Ich habe keine Ahnung mehr, was an jenem Abend noch gesprochen wurde. Gerade noch, dass sie mir da das Du anbot: »Kannst Martha zu mir sagen.«

»Da bin ich beim Camping allerdings besser ausgerüstet!« Mit diesem Satz war mir an diesem Abend klar geworden, dass meine kreative Einstellung zu Haushaltsführung ein Prüfstein für mich werden würde.

Tatsächlich hatte ich bald Gelegenheit, in ihrem eigenen gepflegten Campingwagen auf einem gepflegten Campingplatz mit anderen gepflegten Campingwägen zu Gast zu sein. Ich wurde bewirtet mit hübschem, modernem Geschirr, dessen Farbe sich im Streifenmuster der Tischdecke exakt wiederholte. Die Abendbrotwurst wurde aus dem großen, sauberen, weißen Kühlschrank geholt und das Brot in einem blitzenden

Backofen neuester Bauart nochmal frisch aufgebacken. Die Herren der Familie erhielten für die richtige Blume auf dem Pils runde Pilstulpen, Wasser wurde in Wassergläsern serviert und den Trollinger tranken wir aus strahlend glänzenden Weingläsern. Jeder der Anwesenden hatte einen bequemen Sitzplatz am Tisch mit geschmackvoll zueinander passenden Sitzkissen, und ich wagte nicht, zwischendrin mal aufzustehen, mich wenigstens kurz aus der Enge zu entfernen. Bis der Familie gegen Mitternacht vor Müdigkeit der Gesprächsstoff ausging und Günter und ich nach Hause fuhren.

Es ist sonderbar. Meine künftige Schwiegermutter verkörperte einen Lebensstil, von dem ich weit entfernt war, und dennoch, bei allem Unverständnis, bewunderte ich sie. Warum? Weil ich spürte, dass Günter sie bewunderte. »Bei meiner Mutter kannste vom Boden essen!« Nicht fordernd, nicht vorwurfsvoll. Doch ich merkte seinem Tonfall an, wie toll er das fand. Wie geschmackvoll gekleidet er sie fand, wie schön er sie fand. Wie großartig, einmalig, unübertroffen. Wie genial sie war. So toll wie seine Mutter wollte ich auch sein!

Aber das alles war damals noch nicht in meinem Bewusstsein angekommen. Also folgte ich, ohne es zu merken, in Zukunft meiner Schwiegermutter auf dem Pfad der Sauberkeit und des, wie sie es nannte, guten Geschmacks.

Im Lauf der Jahre legte ich meine lustig-bunte Kleidung ab und lernte, was es ausmachte, eine Dame zu sein. Meine Schuhe passten neuerdings zum Ledergürtel, und ich kaufte mir zum ersten Mal im Leben einen Lippenstift, der auf die Farbe meiner Kleidung abgestimmt war. Ohne es zu merken, kopierte ich ihre von Günter so gepriesene Tüchtigkeit in Günters späterem Delikatessengeschäft, in das ich mich – selbstverständlich! – einbrachte.

Ich münzte dort meine sportlichen Bedürfnisse um in funktionelle, unserem laufenden Geschäft dienende zweckmäßige Bewegungen. Wie zum Beispiel schwere Weinkartons schleppen und schnell mal Ware tripptrapp tripptrapp aus dem Keller holen. Auf gesellschaftlichen Ereignissen trug ich Hut. Auch als wir mehrere Kinder hatten, blieben meine eigenen Bedürfnisse Nebensache – und wir fuhren statt einer praktischen Familienkutsche den neuesten Mercedes, der bei Günters Mutter hohes Ansehen erzielte. In dessen hoch gelegenen Kofferraum ich aber nur mit großer Mühe die Kinderwägen hieven konnte.

Fast zwanzig Jahre übte ich mich im Damewerden – und schalt mich selbst, wenn meine wilde Seite durchbrach und ich mich nicht wie seine Mutter benahm. Wenn ich beim Familienausflug barfuß über die Wiese lief und nicht in den Wanderschuhen der angesagten Marke den Weg benutzte. Wenn ich den herrlichen Bergsee nicht nur bewundern wollte, sonder darin schwimmen ging. Und mich nicht darum kümmerte, ob ich die klatschnassen Haare danach zur ordentlichen Frisur würde föhnen können.

Aber das alles merkte ich damals nicht. Ich passte mich an, wollte Anerkennung, bekam sie und war dennoch unglücklich. Ich bekam Anerkennung für die falschen

Dinge! Und Günter erhielt von mir nicht, weswegen er mich möglicherweise geliebt hat: diese meine wilde Seite. Die vielleicht auch ihm Emanzipation von seinen Wurzeln gebracht hätte.

Aber nun bin ich, weitere zehn Jahre später, hier. In meinen wilden Cevennen. Bin selbst schon Schwiegermutter, uff, wie viel Verantwortung auf dieser Rolle lasten könnte, ohne dass ich es bemerke!

Ich erlaube mir heute, an dieser Straßenkurve anzuhalten, wo es einen besonders romantischen Blick in die zerklüfteten Berge gibt. Gestatte mir, am Straßenrand die Heckklappe zu öffnen, über einem Mini-Gaskocher, der auf dem Boden seinen besten Stand findet, Wasser zu erhitzen und meinen Pulverkaffee in vollkommener Freiheit zu trinken.

Vielleicht hätte auch Martha diese Einfachheit genossen?

Natürlich hätte ich auch für sie eine Tasse Kaffee gekocht!

»Sabine« und »Gerhard«. »Arnold«

Was lange währt

Liebe Vroni,

da bin ich wieder. Mit der versprochenen Fortsetzung aus meinem letzten Brief. Da hatte ich dir bereits viel erzählt, wie es mir nach meiner Scheidung von Gerhard gegangen war. Die war kein Honiglecken. Und die Zeit danach auch nicht. Einige Fehlversuche in puncto »Neuer Mann« waren dabei. Fast fünfzehn Jahre sind darüber vergangen. Wie mag es dir, liebe Vroni, inzwischen gehen? Lebst du, nach deiner Scheidung, immer noch so zurückgezogen?

Ich habe für mich damals den Weg einer Psychoanalyse gewählt. Die Entscheidung war nicht einfach für mich. Im Grunde entschloss sich auch nicht ich, sondern meine schlimme psychische Verfassung dafür: Ich war völlig kraftlos geworden, hatte keine Aussicht auf Besserung in meinem Lebensablauf, hatte kein Ziel vor Augen, ich konnte einfach nicht mehr, war ausgebrannt. Ohne meine Kinder – ich fürchte, ich hätte mich aufgegeben.

Und ohne die Therapie wäre ich in der zaghaften Haltung verharrt: »Besser ein bekanntes Unglück als ein unbekanntes Glück.« Erst in vielen Gesprächen und durch das Ausprobieren neuer Verhaltensweisen konnten sich verhärtete Strukturen, die mir schadeten, lösen.

Sehr häufig musste ich mir aber auch ein weiteres Sprichwort einreden: »Lieber ein Ende mit Schrecken als ein Schrecken ohne Ende«. Doch oftmals schmerzte mich das, und ich wunderte mich sehr darüber, wie mir die alte Normalität mit all ihrer Routine fehlte. Wie bei Mose und den Israeliten sehnte ich mich zurück zu den Fleischtöpfen Ägyptens, kennst du dieses Bild noch aus dem Religionsunterricht? Zwanzig Jahre eingespielte Gewohnheiten, du weißt ja … Ich hatte erstmal keinerlei Struktur in meinem neuen Leben. Es war kaum auszuhalten.

Die Entwicklung verlief dann so:

Nachdem sich Arnold und ich über eine Single-Seite im Internet kontaktiert hatten, entpuppte er sich für mich als der ideale »Brieffreund«. Wie wunderbar unverbindlich konnten wir per E-Mail offen ansprechen, was uns bewegte! Über unser Leben sinnieren. Sehr persönlich. So konnte ich sogar mit jemandem ausführlich über mein Verständnis von Ehe reflektieren. Er hatte doch dieselben Fragen wie ich und suchte ebenfalls die Antworten dafür.

Wenn mir dann aber unsere Offenheit zu nahe kam, war ich froh, einen Mann angeschrieben zu haben, dessen Postleitzahl mit 2 begann. Weit, weit weg von mir mit der 8, nur keine Nähe … Da brauchte man höchstens mal zu telefonieren, wenn man nachfragen wollte, wie was in der Mail gemeint war.

Arnold ging es anscheinend auch so. Genauso, wie ich es mir vorstellte, agierte er. Er drängte mich niemals. Er pochte nicht auf ein Kennenlernen, nicht auf mehr E-Mails, auf mehr Telefonieren, auf nichts. So ging es ein halbes Jahr lang.

Er konnte warten, bis ich eine Einladung aussprach: »Besuch mich doch mal, ich gebe am 12. Juli ein lockeres Gartenfest für Freunde und deren Freunde.«

Dies schrieb ich wohl wissend, dass Oldenburg zu weit war, um die Strecke mal eben für ein Gartenfest am Wochenende auf sich zu nehmen. Aber ein wenig mit dem Gedanken spielen ... – dieses Fest, so dachte ich mir, wäre im Prinzip eine gute Gelegenheit, sich in ungezwungenem Rahmen zu begutachten, und ab da wieder weiter zu emailen, genauso wie bisher. Ja, du kombinierst richtig: »Wasch mir den Pelz, aber mach mich nicht nass!«

In meiner Mail hatte ich diese Gedanken natürlich nicht formuliert. Und Arnold sprang auch gar nicht auf meine Tarnung »lockeres Gartenfest« an, sondern hörte nur »Einladung« heraus. Rief mich an. Da er eine wichtige Arbeit zu Ende bringen müsse, könne er zum 12. Juli nicht kommen. Doch ginge es bei ihm am darauf folgenden Wochenende.

Jetzt wurde mir heiß! Wie kam ich aus dieser Masche wieder raus! Sein Vorschlag entsprach so gar nicht dem, was ich beabsichtigt hatte. Nein, ich wollte es nicht schwierig. So ein persönliches Treffen, für ein ganzes Wochenende, ohne den Schutz der anderen Gäste! Außerdem, wenn er kam, von so weit her, ob das nicht schon wieder Verpflichtung – puh, höflich sein, Essen anbieten, ihn versorgen, der Gast ist König und all das.

Bevor ich zu Ende denken konnte, fuhr er fort:

Ob er denn auch seine drei Töchter mitbringen dürfe, sie müssten dann nur auch irgendwo übernachten, sie alle vier, weil ja der Weg nach Hause so weit war. Das fragte er in einem so hilflosen Tonfall, dass ich in ebenso hilfloses Lachen ausbrach. Ja, er habe mit ihnen an dem Wochenende schon seit langem einen Besuch bei seinen Eltern in Mannheim geplant und sich bis Dienstag freigenommen, verteidigte er sich. In Niedersachsen seien schon Ferien. Und Mannheim sei schon der halbe Weg bis zu mir in den Süden.

Nein, nein, schrie es in mir, locker wollt ich, Gartenfest, ja, aber nicht –

Horror, Panik!

Aber er klang so nett.

Konnte ich wirklich absagen? Das widersprach ja unserer Familientradition. Wir hatten doch ein offenes Haus!

Wenn ich zusagte – wie viel Verantwortung ging ich da ein? Blieb es bei »unverbindlicher Besuch«, wo ich auch hätte sagen können: »Ich halte das nicht ein ganzes Wochenende mit dir aus«, oder musste ich aushalten, wegen der Kinder, die man nicht vor den Kopf stoßen will? War mir das nicht zu viel?

Doch, das war mir zu viel!

Um all die möglichen Antworten in meinem Kopf zu sortieren, hätte ich jetzt wenigstens zehn Sekunden Gedankenpause aushalten müssen –

doch schon hörte ich mich sagen: Ja, selbstverständlich könnt ihr kommen.

Liebe Vroni, du kennst dieses schöne alte Zauberhäuschen nicht, in dem ich mit meinen Kindern inzwischen in Straßlach wohnte, du warst kurz vor mir von Ismaning weggezogen.

Im Haus hatten wir nicht besonders viel Platz für Besuch, aber es war umgeben von einem wunderbaren großen wilden Garten mit hohen Apfel-, Birnen- und Zwetschgenbäumen, zwei schnuckeligen Schuppen, einem alten Gerätehaus, mit verborgenen Ecken und Winkeln, meine Kinder und ich liebten es über alles – ich lud Arnold also ein, ein Zelt mitzubringen und es bei uns im Garten aufzuschlagen. Ihre ganzen anderen Utensilien würden wir dann schon unterbringen.

»Du kannst gerne zusätzlich unser großes Familienzelt haben, dann habt ihr mehr Platz«, schlug ich ihm vor. Wieder meine Rechnung: Falls er fürchterlich ist, hab ich ihn wenigstens nicht im Haus.

Zum Aufbauen und Vorbereiten allerdings hatte ich keine Lust. Um das auch ganz klar zu machen, sagte ich noch:

»Du baust es halt selber auf.«

Das hatte ich inzwischen gelernt: Übernimm keine Aufgaben mehr, die dir keinen Spaß machen, nur weil es vielleicht und möglicherweise erwartet werden könnte. Und schon wieder erhielt ich Bestätigung für meine neue Linie: Ich hätte mich beim Zeltaufbauen gequält, geopfert – er dagegen sagte ganz einfach:

»Das macht mir riesigen Spaß!«

Traumhaftes Sommerwetter unterstützte uns und ließ unser Treffen ziemlich einfach werden. Dazu half auch, dass seine drei jugendlichen Mädchen in ihren Altersstufen jeweils eine ungefähre Entsprechung fanden im Alter meiner Kids. Und Dominik, mein Großer, hatte ja schon einen Studienplatz in Würzburg angenommen und war nicht da. Unsere Sprösslinge verzogen sich ziemlich schnell gemeinsam auf die Zimmer, so dass Arnold und ich eine gute Zeit allein smalltalken konnten und uns dabei gegenseitig beäugen.

Ach, liebe Vroni, sind wir nicht alle nach so viel Enttäuschung übervorsichtig geworden? Wir passen auf, oh ja. So auch er.

»Von unserem großen Sommerfest letzte Woche sind noch jede Menge Grillwürstchen übrig«, sagte ich. Mein Tonfall war entschuldigend.

Warum eigentlich? Gerhard, du kennst ihn, den großen Gourmet, hat Würstchen als etwas Niedriges empfunden, so was durfte man keinem Gast anbieten! Er hatte immer Steaks besorgt, richtiges Fleisch. Zwanzig Jahre mit einem Partner, das macht was mit uns, das erzieht uns, du weißt das! Immer noch entschuldigte ich mich in Gerhards Namen. Aber Arnold konnte das nicht wissen. Er freute sich.

»Würstchen esse ich gerne. Du hast da einen Grill stehen. Darf ich ihn anwerfen?«

Oh, das ließ ich ihn gerne machen.

Dabei hatte ich einige Momente Muße, um ihn zu beobachten. Wie ruhig und bedächtig und mit einer stillen Freude er das Holz aus dem Schuppen aussuchte, mit der Axt auf dem alten Holzklotz zurechthackte, wie er später die größeren Holzstücke auf dem Grill nachlegte. Immer mit entspannter Zufriedenheit im Gesicht. Das gefiel mir an ihm. Er schien in sich zu ruhen, nicht meine Fürsorge und Beachtung zu brauchen. Das war mir neu am Manne, das tat mir sehr wohl, ich fühlte mich entlastet von meinem Anspruch, Aufmerksamkeit und Anerkennung geben zu müssen auf Teufel komm raus, immer für den Mann da sein zu müssen.

Zu Arnolds Äußerem nur so viel: Er wirkte sympathisch auf mich. Die Größe, ja, und die Figur, das passte. Weitere Einzelheiten nahm ich nicht wahr. Zumal es bald Abend wurde und dunkel im Garten. Da holte er seine Gitarre aus dem Auto und spielte: »Bridge Over Troubled Water«.

»Das war meine Lieblingsplatte«, freute ich mich, »ihre grüne Hülle ist schon ganz abgegriffen!«

Danach spielte er »Puff, the Magic Dragon« von Peter, Paul & Mary.

»Was, die kennst du auch?«

»Hast du die Platte mit dem roten Umschlag noch?«

»Ja, die hab ich!«

Lauthals sang ich seine Lieder mit, er die Oberstimme, ich die untere, das klang harmonisch, und er spielte sehr souverän.

Unsere Kinder, fast alle schon im Teenageralter, verstanden sich gut, man sah sie nur noch zu den Mahlzeiten.

Die anfängliche Anspannung war einer angenehmen Lockerheit gewichen. Schnell waren die Tage um.

In den Herbstferien besuchte Arnold mich wieder.

»Meine Töchter möchten gern nochmal mit deinen Kindern zusammen sein«.

Na klar, schmunzel.

Ich freute mich. Auch, als wir uns das nächste Mal trafen, achtete ich sehr darauf, dass ich tat, was ich wollte – und keine Kompromisse einging. Ich war sehr mutig und probierte viele für mich wichtige neue Verhaltensweisen mit ihm aus. Und siehe da: Es passierte gar nichts Schlimmes. Er konnte alles akzeptieren, was ich wollte. Und blieb dabei ruhig, ging gar nicht in die Luft, er wirkte zufrieden, wenn er meine Wünsche erfragte und auf sie eingehen konnte. Für mich eine wirklich neue Erfahrung.

Als er wieder abgefahren war, rief ich verzweifelt meine Freundin Monika an:

»Du, ich habe da einen netten Mann kennengelernt.«

»Ja, schön für dich. Was ist daran so schwierig?«

»Ich bin gerade so froh, dass ich von Gerhard weg bin, mit all dem Alkohol, schau ihn dir doch an, der hängt voll drin! Beinahe wär ich auch, du weißt ja ...«

»Ja, mein Peter hat ihn letzthin besucht. Gerhard bechert immer wieder. Schafft schon mal ne Pause, aber dann trinkt er wieder bis zum Umfallen. Wir machen uns große Sorgen um ihn.«

»Und nun Arnold, so heißt er. Arnold trinkt gar keinen Alkohol, keinen Tropfen!«

»Sei doch froh!«

»Nein, er darf keinen trinken!«

»Warum nicht, ist er krank?«

»Kann man so nennen. Er war früher Alkoholiker. Hat 'n Entzug gemacht.«

Susanne lachte am anderen Ende der Leitung.

»Na, dann ist doch alles gut. Das hat er jedenfalls hinter sich!«

»Ich hab Angst!«, sagte ich. »In unserem Haus, überall

stehen Flaschen herum, die Kinder gehen doch schon ›vorgeglüht‹, wie sie sagen, auf Trinkpartys, du kennst diesen eigenartigen Trend. Zusätzlich sind meine Kids es von Gerhard so gewohnt, da nimmt sich keiner zurück!«

»Dann ist dieser Arnold für dich eine Riesenchance! Dass deine Kinder sehen, es geht auch ohne Alkohol!«

»Meinst du wirklich, dass wir das schaffen? Ich hab solche Angst!«

»Na, du bist ja noch lange nicht mit ihm verheiratet! Kannst es ja mal austesten, wie er damit umgeht. Dann musste halt die Bratensoße für ihn mal ohne Rotwein machen!«

Liebe Vroni, erinnerst du dich an Monika? Sie trifft immer den Nagel auf den Kopf, dafür schätze ich sie sehr.

Arnold lud mich ein, mit ihm eine gemeinsame Woche an der Nordsee zu verbringen. Nordsee! Da rannte er bei mir offene Türen ein. Ich hatte schon in der Jugend gerne Bücher gelesen, die an der Nordsee spielten. Gerhard zog es aber nie in das raue Nordseeklima, immer nur in den Süden.

Arnold wollte sich bei der Auswahl der Ferienwohnung an meine Vorgaben halten: Bitte getrennte Wohnbereiche! Getrennte Zimmer sowieso! Und er fand tatsächlich eine solche. In Ostfriesland, in Bensersiel.

Wieder gelang es ihm, meine Wünsche vollkommen

zu erfüllen. Die Wohnung setzte sich zusammen aus drei gut getrennten Teilen. Der Mittelteil bestand aus Küche und Wohnzimmer, von dort aus ging es links in meinen Flügel, rechts in seinen.

Es war einfach, mit Arnold eine Einigung zu finden. Über die Essensauswahl, wer wann was kochte, über den Zeitpunkt, wann wir einen Nordseespaziergang machten, wann wir uns zu einer geführten Wattwanderung anmeldeten, oder wann ich joggen wollte, und dies spontan barfuß tat – während er meine Turnschuhe den Strand entlang transportierte.

Sogar, als er sich über mein »Gummistiefelgebaren« sehr wunderte, wie er es am nächsten Tag augenzwinkernd nannte, ließ er mich tun: Ich wollte zu jeder Minute sicher sein, jederzeit abreisen zu können. Nein, nicht mal meine Gummistiefel wollte ich über Nacht bei ihm im Auto stehen lassen. Nichts. Meins! Deins! Das war mir so wichtig geworden! Und er konnte das akzeptieren, obwohl er sich darüber sehr wunderte, wie er mir später erzählte. Für mich war es eine weitere Bestätigung: Ja, ich darf frei sein bei ihm, und er lacht mich nicht aus mit meinen Unabhängigkeitsbedürfnissen, mögen sie ihm auch noch so übertrieben erscheinen.

Als er dann auch noch abends seine Gitarre zur Hand nahm und mir romantische Lieder vorsang, fing ich zu träumen an – böse Menschen haben keine Lieder. Ich fand wieder Zutrauen zur Spezies Mann – und ließ mich von ihm zärtlich berühren. Wie gut mir seine ruhige streichelnde Hand tat!

»Brauchst nichts sagen, Papa, ich weiß, was los ist!«, empfing uns seine große Tochter Frauke, als wir gemeinsam an seiner Wohnung in Oldenburg Halt machten und sie seine strahlenden Augen sah.

Ja, wir hatten uns aufs Glatteis gewagt und uns verliebt.

Und nun?

Er in Niedersachsen ganz oben, ich in Bayern ganz unten. Achthundert Kilometer!

Sehnsucht! Wie zu Teenagertagen erster Verliebtheit. Ich will zu dir! Wann kannst du kommen? Kann ich zu dir? Noch fünf Tage! (Das war ich.) Noch sechsundneunzig Stunden. (Das war Arnold, der immer sehr exakt denkt.)

Alle vierzehn Tage kam er nach München, oder ich fuhr zu ihm. Kaufte mir extra einen Koffer für die weiten Bahnreisen.

Ein halbes Jahr nach unserer Nordseezeit suchte Arnold Arbeit in München – und fand eine Anstellung, obwohl schon 54.

»Und du ziehst nicht nur wegen mir so weit weg von deiner Familie? Ich könnte diese Verantwortung nicht aushalten!«

Ich hatte große Befürchtungen.

Aber er sagte:

»Nein, das werde ich dir niemals vorhalten, egal, wie es mit uns weitergeht!«

Liebe Vroni, wie wär's dir gegangen? Hättest du das geglaubt, ganz ehrlich? Ich hatte die Sorge, mit seinem so weiten und aufwändigen Umzugsakt erpressbar zu sein. Dass er Gefügigkeit einfordern könnte. Wenn ich dies auf mich nehme, dann musst du dafür …

Hättest du auch so wie ich gedacht? Oder hättest du seinen Herzug gar als Selbstverständlichkeit angesehen? Oder als Ehre für ihn? Es gibt so viele unterschiedliche Sehensweisen auf der Welt.

Für mich war das eine sehr wichtige Frage gewesen.

Niemals wäre ich von meinen Kindern weggezogen, obwohl sie schon so groß waren und obwohl sie bei Gerhard hätten bleiben können. Nein, wir, meine Kinder und ich, hatten uns doch gerade erst neu aufeinander eingespielt und in unserem zauberhaften Heim neue Freiheiten gefunden und genossen.

Nun gut, ich glaubte ihm.

»Meine Töchter haben bisher nur am Wochenende bei mir gelebt. Sie können weiterhin bei Corinna bleiben, sie und ihr Freund Björn haben genug Platz. Sie wohnen in einem großen Haus auf dem Land bei Hannover, das lieben sie. Dort können sie wie bisher ihre Schule besuchen. Ohnehin wird Frauke bald ihr Abitur machen.«

»Werden sie dir nicht fehlen?«

»Natürlich werden sie mir fehlen! Ich werde einmal im Monat hochfahren und sie bei Corinna besuchen, in ihrem Haus kann ich auch schlafen, wenn dir das nichts ausmacht?«

Wie wärst du damit umgegangen, Vroni?

Ich jedenfalls war nicht ganz frei von Eifersucht. Doch meine pragmatische Seite sagte: Alles geht nun mal nicht. Nimm die Herausforderung, Vertrauen zu haben, an.

Langer Rede kurze Raffung:

Er nahm sich eine Wohnung in München. Ich wohnte weiter mit meinen Kindern in Straßlach.

Bei mir konnte ich ihn keinesfalls wohnen lassen. Wir kannten uns doch erst wenig!

Schließlich haben wir uns einige Jahrzehnte in ganz unterschiedlichen Systemen bewegt, nicht nur regional. Haben unterschiedliche Einstellungen zu vielen Dingen gewonnen, sehr unterschiedliche Gewohnheiten und Denkweisen entwickelt.

Gravierend, zum Beispiel: Er war immer Angestellter gewesen, doch ich war zeit meines Lebens selbständig tätig. Was allein das schon mit uns macht, über die Jahre!

Vielleicht hast du schon neugierig in den Mailanhang geschaut und das Foto gesehen. Ja, wir haben uns getraut! Sind wir nicht schön?

Der junge Mann hinter uns, der über meinem Kopf mit dem Finger »Hasenohren« zeigt, ist Raffael, mein Jüngster, der damals – weißt du noch! – mit deinem Timmy im Kindergarten war.

Auf dem anderen Foto siehst du, wie alle meine vier Kinder auf unserer Hochzeit ein Theaterstück aufführen. Das Wort »Kinder« ist nicht mehr so zutreffend, nicht wahr …

Links, der mit dem Bart, ist Markus, mein Zweitgeborener, und der langhaarige junge Mann ohne Bart ist Dominik, mein Ältester. Dann siehst du meine Tochter Lisa, die mit deiner Melinda in den Reitunterricht gegangen ist. Daneben nochmal Raffael.

Arnolds Töchter haben gemeinsam einige Shanty-Lieder vorgetragen, so wie sie es in ihrer nordischen Familie praktiziert hatten. Von Papas Stimme und Gitarre begleitet. Die Mädels haben so schöne, sichere Sopranstimmen!

Ja, so war das.

Ob ich jetzt glücklich bin?

Was für ein großes Wort. Wie kann man mehr als einen Moment glücklich sein! Eher würde ich gerne sagen: Ja, ich bin sehr froh, es geht mir sehr gut. Das Leben ist schön. Ich liebe mein Leben.

Ich bin ich.

Ja, ich liebe mein Leben!

Und ich bemerke im Lauf der zehn Jahre, die Arnold und ich zusammen sind, wie sich meine rosa mit Arnolds hellblauen Gedankenteilchen mischen und seine »hellblauen« mit meinen »rosafarbigen«. Wie sich unsere gemeinsame Schnittmenge stetig vergrößert. Und das Beste ist: Ich kann das zulassen. Er sowieso. Er muss sich nicht so abgrenzen, wie ich das noch dringend brauchte.

Irgendwann werden sich die zwei Gedankenkreise mit den rosa und hellblauen Eigenheiten wohl so übereinanderlegen, dass es nur noch einen Kreis gibt, in dem gleich viele rosa und blaue Teilchen herumschwirren. Dieses Bild erzeugt in mir Ruhe. Das Streben nach gutem Einvernehmen bedeutet für mich: endlich nicht mehr so viele verletzende Streitereien.

Meine liebe Vroni, ich hoffe, dass ich dir mit meiner Erzählung Mut machen kann. Was lange währt, wird endlich gut. Es bleibt nicht so hässlich im Leben, wie es bei dir gerade ist. Ich habe vor kurzem ein Graffito gelesen: »Wer am Ende ist, kann wenigstens neu von vorn anfangen.«

Ich umarme dich und freue mich, wieder von dir zu lesen. Drück auch Melinda und Timmy von mir, wenn du sie mal wieder siehst!

Sabine

PS: Ein Beispiel noch zu den eben beschriebenen Gedankenkreisen:

Im Straßenverkehr. Wie viele Strafzettel habe ich schon

bekommen und bezahlen müssen, weil ich gerne schnell fahre, immer schneller als erlaubt. Es fällt mir ungeheuer schwer, mich an die Geschwindigkeits-begrenzung zu halten.

Arnold dagegen hielt sich immer, wirklich immer, ganz genau daran. In geschlossenen Ortschaften: exakt fünfzig. An Autobahn-Baustellen: exakt sechzig. Im Ausland: exakt hundertzwanzig.

Natürlich fand ich meine höhere Geschwindigkeit nie wirklich falsch, und manchmal belächelte ich seine Genauigkeit im Umgang mit Vorgaben und Regeln. Doch machte das was mit mir. Schließlich genieße ich seine verlässlich saubere Denke. Und ertappe mich dabei, wie ich mittlerweile (fast) so fahre, wie es das runde Schild mit dem roten Rahmen von mir möchte.

Arnold dagegen hat inzwischen schon zwei Strafzettel bekommen und ist mächtig stolz darauf.

Armin und der Joghurt

Armin war 53 Jahre alt und auf Besuch bei seiner
Freundin Silvy in München, mit der er zu der Zeit
noch eine Wochenendbeziehung pflegte. Ein großer
Teil seines Lebens war bereits gelebt, viele Verhaltens-
und Denkweisen waren selbstverständliche Gewohn-
heit geworden.

Er war geboren als der Sohn eines Ingenieurs, der als
Beamter bei der Bahn arbeitete zu der Zeit, als diese noch ein staatliches Unternehmen war. In Armins
Elternhaus in Heilbronn wurde viel Wert auf geregelte
Abläufe und Ordnung gelegt. Pünktlich um zwölf Uhr
kam der Vater von seinem Bahnbüro in die zu Fuß
erreichbare Bahnerwohnung, wo die Mutter bereits
für Punkt zwölf Uhr das Mittagessen auf den Tisch
gestellt hatte. Die Rationen auf den Tellern wurden
knapp aber gerecht in der Familie mit den drei Buben
aufgeteilt. Und selbstverständlich war auch, dass der
Vater immer ein bisschen mehr vom Fleisch erhielt.
Die sprichwörtliche schwäbische Sparsamkeit gab in
der Familie den Ton an.

Die angelernten Eigenschaften wurden durch Armins
Berufswahl unterstützt: Als Lehrer gehörte es zu sei-

nem Alltag, Regeln aufzustellen, ihre Befolgung zu überwachen und sich auch selbst daran zu halten. Als Folge seiner kindlichen Erfahrungen hatte er eine Zuteilung der Rationen als selbstverständlich und unumstößliches Gesetz erlebt und dies auch mit seiner damaligen Ehefrau und den drei Töchtern so praktiziert. Zum Beispiel wurde eine Packung mit sechs Fruchtzwergen so auf die Kinder aufgeteilt, dass schon beim Einkauf für jedes pro Tag zwei der kleinen Knickbecher festgelegt wurden.

Silvy aber zog Armin wohl gerade wegen ihrer Andersartigkeit an. Sie widersetzte sich gern festen Strukturen, stellte keine oder ihre eigenen, für ihn oft unlogischen Regeln auf und schien trotzdem überleben zu können. Wie war das möglich? Sie arbeitete freiberuflich und unregelmäßig und gab Geld reichlich aus, wenn sie es hatte. Wenn sie wenig hatte, gab sie wenig aus. Sie wohnte mit ihren vier Kindern in einem unorthodoxen, verwinkelten Hexenhäuschen. Die drei Söhne und die Tochter, zwischen vierzehn und einundzwanzig, verzehrten in dieser körperlichen Entwicklungsphase Unmengen. Ein immer gut gefüllter Kühlschrank, aus dem sich alle in der Familie bedienten, wann sie wollten, war für sie das Selbstverständlichste der Welt. Und Rationierung ein Fremdwort aus den Kriegserzählungen der Großeltern.

Dem neuen Paar waren gewisse Gegensätzlichkeiten in der Lebensführung durchaus bewusst geworden. Daher beschlossen die beiden für sich, ihre jeweils bisher in ihren Familien gelebten Gewohnheiten und Gepflogenheiten erst mal beizubehalten. Also erfolgte bei Armins erstem Wochenendbesuch bei Silvy und ihren Kindern der Einkauf im Supermarkt zunächst streng getrennt: Sie kaufte für sich und ihre Kinder ein, die aßen kritiklos alles, was sie auswählte. Und Armin kaufte für sich allein. Dieses Mal gönnte er sich zum Nachtisch ein Glas von dem teuren Joghurt mit der teuren Fruchteinlage und stopfte es gedankenlos in den übervollen Kühlschrank.

Am nächsten Tag wollte er seinen Joghurt essen. Doch er konnte sein Glas nicht finden, auf das er sich so gefreut hatte.

Verwundert und arglos fragte er in der Familie nach.

»Wo ist denn mein Joghurt?«

Verwundert und arglos fragten Silvys Kinder zurück:

»Wieso *dein* Joghurt?«

Der erste Besuch bei seiner Ex

Sandra und Arno hatten sich vor einem Jahr kennengelernt. Da war Sandra bereits Ende vierzig, geschieden, und hatte Kinder. Arno war Anfang fünfzig, ebenfalls geschieden, und hatte auch Kinder. Er war schon nach einigen Monaten ihrer Beziehung zu ihr nach München gezogen.

Nun wünschte er sich, dass Sandra einmal mit ihm nach Norddeutschland fuhr, um seine drei Mädchen in ihrem Zuhause zu treffen. Lange schon hatte Sandra die Begegnung hinausgeschoben. Seine Mädels waren 12 und 17 und 19 Jahre alt und wohnten zusammen mit ihrer Mutter Corinna am Stadtrand von Hannover. Hier hatte Corinnas neuer Freund Björn sein Haus, und hier wohnten die fünf.

Hänsel und Gretel, Schneewittchen, Frau Holle waren Sandra schon mehrfach in den Sinn gekommen. Sie war im Begriff, Stiefmutter zu werden!

Immer war es im Märchen die Stiefmutter, die so böse war. Wie würde sie, Sandra, nun diese Rolle ausfüllen? Aber die Mädels hatten ja ihre eigene Mutter. Und böse wollte sie ganz sicher nicht sein. Trotzdem hätte

Sandra ihre Rolle gern genauer definiert: So oder so hast du zu sein. So und so wirst du dich in der oder der Situation benehmen. »Antizipation« fiel ihr dazu ein. Das kannte sie vom Sport. Sportler spielten vor einem Wettkampf ihre eintrainierten Bewegungsabläufe im Kopf genauestens durch.

Befand sie sich in einem Wettkampf? Mit den Kindern? Nein, nicht mit den Kindern. Eher mit Corinna. Wer war Corinna, mit der Arno zwanzig Jahre lang verheiratet gewesen war? Von der er so viel erzählte? Mit der er seine geliebten Töchter großgezogen hatte, mit ganz anderen Regeln als Sandra in ihrer Ehe. War sie hübsch, diese Corinna, hübscher als sie, Sandra? Tüchtiger? Intelligenter?

Arno und Sandra gingen soeben das Wagnis ein, eine neue Beziehung zuzulassen. Hatte dieses Neue eine Chance gegenüber den möglichen Bequemlichkeiten der früheren Beziehung, und wenn diese noch so abgeschlossen war? In so vielen Büchern und Filmen gab es so viele andere Ausgänge einer alten Liebe. Würde es Arno gelingen, sie gänzlich loszulassen? Und musste er das? Wie viel gehörte Corinna weiter zu seinem Leben? Sandra selbst hatte die Zeit mit ihrem Mann zusammen für sich als sehr prägende Zeit empfunden. Ebenfalls zwanzig Jahre! Das konnte man nicht einfach aus dem Leben herausschneiden.

Sie spürte, wie ihre Sinne verwirrt waren bei dem Gedanken an Corinna. Wie gern wäre sie der Situation einfach überlegen gewesen: Jetzt bin ich seine Freundin, ich, ausschließlich ich ... Zugleich kam sie sich mit ihrem Besitzanspruch so vor wie damals als Teenager.

War sie denn gar nicht reifer geworden?

Die Gelegenheit für eine Begegnung entstand nach einem Wanderurlaub im Elsass. »Von dort könnten wir doch gleich nach Norden fahren!«, schlug Arno vor. »Die halbe Strecke haben wir ja schon hinter uns!«

Da konnte Sandra nicht mehr aus. Es musste sein. Immerhin konnte sie erreichen, dass sie nicht über die Autobahn fuhren, sondern über die beschauliche Pfälzer Weinstraße. Damit konnte sie noch ein paar Stunden Aufschub herausschlagen. Links und rechts der romantischen Straße zogen sich sonnenbeschienene, ausgedehnte Weinberge hin, auf denen unzählige Erntehelfer die reifen Trauben pflückten. Beim Durchqueren der lieblichen Ortschaften freuten sich Sandra und Arno über die Besenwirtschaften, von denen sie schon so viel gehört hatten: Während der Erntezeit durften Winzer das eigene Haus und den Garten als private Gastwirtschaft verwenden und Durchreisenden ihren Wein mit einer hausgemachten Mahlzeit anbieten, am Gartentisch.

»Wenn du probieren willst, kannst du das gerne tun. Dann übernehme ich das Fahren bis zum Schluss«, sagte Arno. Sandra hatte mit ihrem Ex-Ehemann ein Delikatessengeschäft betrieben, und Weinverkostungen durchzuführen war eine tägliche Kür für sie gewesen.

Gerne probierte sie nun auch hier, ganz privat, ganz ohne geschäftlichen Hintergrund – und kaufte: Endlich hatte sie ein passendes Mitbringsel für Corinna! Das war doch authentisch! Wie viele Jahre schon hatte sie jeden Herbst Federweißer in ihrem Laden verkauft.

Ja, so ein Fünf-Liter-Kanister, das war genau das Richtige, zusammen mit dem Flammkuchen, den sie mit Arno bereits im Elsass gekauft hatte.

Die Sonne war längst untergegangen, nun hieß es Gas geben. Die blauen Autobahntafeln zeigten immer weniger Kilometer an bis Hannover. Wieder Gedankenschwirren. Gab es da noch alte Sachen zwischen Corinna und Arno, die sie nun zu spüren bekommen würde? Würden Eifersüchteleien oder Konkurrenz aufkommen? Und die Kinder, die freuten sich sicher über ihren Papa. Aber auch über sie, Sandra? Würde Arno auch hier zu ihr stehen, oder wäre sie dann für ihn unbeachtetes Anhängsel? Wohin nur könnte sie ausweichen, wenn sie sich absolut nicht wohl fühlte?

Doch Corinna und Björn empfingen die beiden sehr herzlich. Sie hatten ein Abendessen vorbereitet und nahmen gerne die Mitbringsel entgegen. Liebevoll hängten sich die Mädels an ihren Papa. Das Haus strahlte freundliche Gemütlichkeit aus. Corinna entpuppte sich als treu sorgende Mutter und gute Hausfrau. Dennoch fühlte Sandra Unbehagen in sich aufsteigen. Was hatte sie für ein Chaos im Auto, von der langen, abwechslungsreichen Reise mit den vielerlei Aufenthalten an verschiedenen Orten. Endlich, ja endlich wollte sie sich doch mit ihren Interessen beschäftigen, für die sie während ihrer Ehezeit keine Freiheit gehabt hatte. Das brachte nun mal Unordnung mit sich, auf der ganzen Linie. Voller Neugier hatte sie sich in neue Gefilde gestürzt. Da blieb eben Ordnung auf der Strecke, na und? Doch hier, in diesem Haus, wurde sie wieder zurückgeholt in ein Leben, das sie eigentlich abstreifen wollte.

Ein großer Zwiespalt zerteilte soeben ihr Inneres. Losgelöst vom alten und noch nicht angekommen im neuen Leben, frei, aber über einem Abgrund schwebend. So tief war er, so dunkel erschien er ihr plötzlich. Würde sie es jemals schaffen? Mit Arno, ihrem Arno, der von dieser Corinna kam?

Corinna lebte in einer ordentlichen Welt, da hatte jeder Topf seinen eigenen Deckel, jede Tasse ihren Platz im Schrank. Und wie schön sie den Tisch gedeckt hatte! Wie hübsch hier alles war. So hübsch, wie Sandra es in ihrer alten Ehe auch gemacht hatte. Plumps. Da war sie wieder.

Konnte sie denn jemals hinausfinden? Oder hineinfinden? Wo hinein? Gab es denn überhaupt eine echte Alternative? Nomadenzelte, dahin sehnte sie sich im Grunde genommen, hinaus ins Extreme, in eine Wildnis, wo nur die Natur ihr Vorschriften machte und keine Kultur. Doch nein, Jurtenbehausungen waren nun mal nicht üblich in Mitteleuropa. Sie konnte doch auch ihre eigenen jugendlichen Kinder nicht plötzlich in eine andere Welt stoßen! Die hatten gerade genug Probleme, sich nach der Trennung ihrer Eltern in ihrem neuen Leben zurechtzufinden. Sie hatte doch Verantwortung. Sicher brauchte sie nur eine kurze Auszeit. Dann würde sich alles wieder ganz normal, wie bisher, ganz normal, in die richtige Richtung, puh, weiter entwickeln. Würde sie das alles jemals bewältigen können!

Sandra hielt den ganzen Abend mit freundlicher Konversation durch, bis ihr ein frisch bezogenes Bett mit gebügelter Bettwäsche zugewiesen wurde. Der eigene

Schlafsack? Kommt gar nicht in Frage! Morgen sehen wir uns beim Frühstück.

Wie perfekt Corinna doch war! Morgens, als Sandra aufgestanden war und die Treppe hinunterging, fand sie einen schmuck gedeckten Frühstückstisch vor.

Schon gleich beim Aufstehen war ihr ein süßer, fruchtiger Geruch in die Nase gestiegen. Hier unten roch es noch stärker. Hm, jetzt ein Glas kühlen saftigen Federweißer trinken? Sie hatte doch Urlaub! Doch nein, das könnte in diesem Haus einen allzu trinklustigen Eindruck machen.

Björn war schon zur Arbeit gegangen. Nun setzte sich auch Corinna, die schon die Waschmaschine in Gang gebracht hatte, zu ihnen.

»Riecht ihr's?«, fragte sie. »Heute Morgen um fünf tat es einen heftigen Knall. Björn und mich hat's förmlich aus dem Bett gehievt!« Schlagartig war Sandra klar, was passiert war.

»Ich hatte so nen Hals, als ich zur Kaffeemaschine getappt bin«, sagte Corinna. »Ich musste erst mal 'n Eimer holen! Mit einer Kehrschaufel hab ich die Soße reingeschippt. Und das pappte! Mehrmals hab ich mit klarem Wasser nachgewischt. Fast eine Stunde haben Björn und ich geputzt.«

Als sie nach dem Knall in die Küche gegangen seien, hätten sie diese überflutet gefunden mit weißer Flüssigkeit. Mitten drin ein weißer, leerer Plastikkanister.

Sandra hätte es wissen müssen. Sie spürte Röte in ihr Gesicht steigen. Wie viele Flaschen und Kanister Federweißer hatte sie schon ausgeschenkt! Wie viele Aushilfskräfte im Laden und auf Herbstfesten streng angewiesen: Immer den Deckel öffnen! Immer oben offen lassen, dass das Gärgas austreten kann!

Dass das nun ausgerechnet ihr, ausgerechnet hier passiert war! Ihre täglichen Handgriffe! Ihre Gewohnheiten, ihr bisheriger Halt – hatte sie zu leichtfertig alles über Bord geworfen? Nichts schien mehr zu funktionieren. Vom Alten, Vertrauten schon zu weit losgelöst war sie. Wo war Arno nur?

»Wie tut mir das leid!«, brachte sie heraus, indem sie ihr Gesicht in den Händen vergrub. »Ich hätte gestern Abend noch den Schraubverschluss öffnen müssen!«

Fünf Liter! Süß und klebrig! Auf ebenem Boden verlaufen! »Ist schon gut«, sagte Corinna nachsichtig. Was die Sache für Sandras Gefühl noch verschlimmerte.

Erst als sie sich dann in den Armen lagen, entglitt ihr ein Seufzer der Entspannung. »Danke«, sagte sie.

»Alles gut«, sagte Corinna.

»Danke!«, sagte auch Arno und legte seine Arme um sie beide.

Lisa und das Werbeblech

Wenn man bei uns im Försterweg auf dem Gästeklo saß, konnte man sich mangels anderer Ablenkung eingehend mit dem Werbeblechschild an der Stirnwand beschäftigen. Georg hatte es von einem Spirituosenhändler geschenkt bekommen. An dieser Wand im Haus war noch Platz, und dort also hängten wir es auf. Das Blechbild hatte DIN A 2 - Größe und zeigte einen Schnappschuss: Meer, weit und breit nur stürmisches Meer, Seenot, man ahnte die zerbrochenen Schiffsplanken ringsherum. Mitten in tobenden Wellen ein Männerkopf, der gerade nach Luft japsend aus dem Wasser auftauchte. Er müsste verzweifelt sein, ist es aber nicht: In seinen Augen sprühen Freudenfunken, denn, siehe da, nur wenig von ihm entfernt schwimmt die typisch grüne, typisch kugelrunde Flasche »ABC« Kräuterlikör. Die Werbebotschaft war eindeutig: ABC, du bist meine Rettung!

Der Kopf des Mannes, der vorm Schiffbruch gerettet wurde, war schmal, fast hager, die nassen Haare ans Gesicht geklatscht, sein Bart tropfte. Die dunkelgrauen Augen blickten klar und lebhaft unter hoher Stirn und gewölbten Augenbrauen aus dem tosenden Meer.

Bei einem der Umzüge in den folgenden Jahren beschloss ich, das Werbeblech fände keinen Platz mehr im neuen Haus, und es wurde entsorgt. Das Bild aber ...

Die Erde lief seither viele Male um die Sonne. Tschernobyl und der Golfkrieg beunruhigten die Menschen, der Fall der Berliner Mauer und die Wende in den Oststaaten veränderten das Weltbild, Millennium und die Weltwirtschaftskrise machten viel von sich reden, Saddam Hussein und Osama Bin Laden verließen diese Welt, die Abiture der Kinder sowie Ehekrisen beschäftigten die Familie, mehrere Geburtstage nullten sich und die Phase wechselnder Partner der Kinder ging über in die Phase fester Beziehungen. Die nun erwachsenen Kinder begannen schon in Nostalgie zu schwelgen, und mir wurden erste Enkel geboren.

An verregneten Sonntagen traf sich die Großfamilie manchmal zu Diashows. Mit Kinder- und Familienfotos von früher.

»Oh, war das damals schön, als wir noch Kinder waren und im Försterweg wohnten!«

An jenem Sonntag waren nur Lisa und ihre Brüder Markus und Raffael anwesend, alle drei ohne Partner. Der knusprige Sonntags-Schweinsbraten war soeben mit viel Oh! und Hm! und Fein! und ebenso vielen Semmelknödeln verschlungen worden, die Küche war wieder sauber und auf der Leinwand erschienen schon Kinderbilder aus eben jener Försterweg-Zeit.

Als plötzlich beim Betrachten eines Fotos überraschte Stille eintrat.

Das Dia zeigte die etwa achtjährige Lisa, die sich auf dem Gästeklo neben dem ABC-Werbeblech positioniert hatte und fröhlich in die Kamera winkte.

»Der sieht doch aus wie Tommy!«, brach es da aus Markus heraus.

Wieder Stille.

Ja, die Ähnlichkeit zu Tommy war nicht zu übersehen.

»Ich hab mich nicht getraut, das zu sagen«, grinste Raffael, »Lisa könnte mir ins Gesicht springen!«

Jetzt lachte Markus laut heraus:

»Das gibt's doch nicht! Lisa hat sich den Mann vom Werbeblech geangelt, wie geil ist das denn!«

Wieder vorsichtige Stille.

Wir alle schauten auf Lisa.

Sie war leicht errötet.

»Also, ja, mir war das auch schon mal aufgefallen. Ich hab mich aber gescheut, darüber zu sprechen.« Und sie lenkte ab, schlug einen strengen Tonfall an:

»Mama, was sagst du dazu? Gibt es noch Geschichten aus meiner Kindheit, die ich wissen sollte? Das ist doch Übertragung, oder?«

»Haha, Sigmund Freud lässt grüßen«, witzelte Raffael.

Ich hätte gerne ebenfalls gelacht über diesen Zusammenhang, hielt mich aber lieber zurück. Ich merkte, wie Lisa peinlich berührt war.

Dann aber konnte auch sie lachen.

»Ist doch super gelaufen, oder? Nicht jede Frau hat so ein Glück wie ich – und findet den Mann auch noch!«

Lisa hat mir bereits einen wunderbaren Enkelsohn geschenkt, aber mit Max, seinem Vater, ist sie nicht mehr zusammen. Die Sehnsucht nach dem Mann auf dem Schild war wohl stärker.

Anscheinend entsprach erst Tommy, mit dem schmalen Gesicht, den Haaren und dem Bart wie auf dem Bild, mit den dunkelgrauen Augen unter gewölbten Augenbrauen und hoher Stirn, ihren unbewussten Wünschen. Dem Idealbild, das sie, ohne es zu wissen, in einem verborgenen Winkel ihres Herzens ins Erwachsenenleben befördert hatte.

Sie ist nun schon seit drei Jahren mit Tommy zusammen.

Ein Enkel für mich von den beiden ist unterwegs.

Vielleicht sollte ich Tommy, unserem Märchenprinzen, mal eine Flasche ABC-Kräuterlikör mitbringen!

Sinni und die Bücher

Sinnis Eltern stammten als deutsche Volksangehörige aus einer sehr ländlichen Gegend Südosteuropas, wo, statt zur Schule zu gehen, viel anderes zu tun gewesen war: das Vieh auf der Weide zu hüten, das Heu einzufahren, Hanf zu dreschen, um im Winter daraus Leinentücher weben zu können. Oder die Schafe zu hüten, deren Wolle an langen Winterabenden von den jungen Mädchen, ihren Müttern und Großmüttern am Spinnrad in der großen Stube gesponnen wurde.

Dass die junge Elisabeth, die dann später ihre Sinni gebar, nicht richtig rechtschreiben konnte, störte sie selbst so gut wie gar nicht.

Oder vielleicht doch ein wenig. Denn immerhin schickte Elisabeth ihre Sinni, als diese dann zehn Jahre alt war, auf ein Gymnasium. Sie sollte in Deutschland, wohin Elisabeth im Zweiten Weltkrieg als Flüchtling verschlagen worden war, mehr lernen als sie selbst.

Sinnis Vater Johann war in derselben Region aufgewachsen. Im Jahr 1928, als er vier Jahre alt war, hatte sein eigener Vater die Familie in einer Auswanderungswelle nach Kanada verlassen. Folglich war Johanns

Mutter gezwungen, ihre kleine Landwirtschaft zusammen mit den zwei Kindern selbst zu betreiben. Johann versorgte als kleiner Junge die Kühe auf dem Feld, die große Schwester verarbeitete mit der Mutter die Getreide- und Tierprodukte für Markttage in der nächsten Stadt und für das tägliche Essen zu Hause.

Draußen auf der Kuhweide fühlte Johann sich frei, dort konnte er mit anderen Hüterjungen spielen, Steinschleudern bauen und nach Vögeln zielen, Spinnentieren die Beine ausreißen, Katzen an den Schwänzen herumschleudern oder auch mal nur aus Weidenzweigen Pfeifen schnitzen oder seinen Gedanken nachhängen.

Dass er als einziger Sohn einer alleinstehenden Frau im Sommer tagsüber bei der Ernte helfen musste, war dem Dorflehrer eine geläufige Ausrede, und Johann nutzte sie gern und häufig. Dass seine Mutter das Schulgeld dann über die vierte Klasse hinaus nicht mehr bezahlen konnte, machte ihm gar nichts aus, denn er hasste das Ruhigsitzenmüssen in der Schule. Viel lieber war er draußen, mit den Tieren.

Was zur Folge hatte, dass Johann noch weniger rechtschreiben konnte als seine spätere Frau Elisabeth, die er erst nach dem Krieg im Westen in einem Ort, wo Flüchtlinge sich zusammengefunden hatten, kennenlernte. Doch auch er bekam anscheinend sein schulisches Manko so häufig zu spüren, dass er seinen Kindern einbläute: Lern, Kind, du sollst mal besser behandelt werden als ich.

Ja, ehrgeizig waren sie beide, die jungen Eltern. Ihren Kindern ein gutes, solides Heim zu bieten war ihnen ein vorrangiges Ziel, das bestehende Schulsystem in Deutschland für ihre Kinder zu nutzen ein großes Bedürfnis.

Allerdings war ihnen im Grunde unbekannt, was es bedeutete, den Kindern Schulbildung zukommen zu lassen.

Dass das Mädchen auf dem Gymnasium dazu angeleitet wurde, Romane zu lesen, war ihnen unbegreiflich. Romane, das waren unwahre Geschichten. Wer einen Roman las, war in ihrem Dorf ein besonders verachtenswerter Mensch gewesen. Nun also vertat ihre zwölfjährige Sinni wertvolle Zeit mit Romanelesen, wo sie doch Schularbeiten machen sollte und etwas lernen. Mit Lügengeschichten verbrachte sie ihre Zeit! Was da wohl so alles drinstand in den Büchern, man hatte Schauerliches gehört! Nein, ihre Sinni sollte so etwas nicht lesen!

So kam es, dass Sinni ihre Bücher heimlich las. Nach außen vorgab, Hausaufgaben zu machen, den ganzen Nachmittag lang, um nicht der Mutter helfen zu müssen. Und unter dem zur Tarnung aufgeschlagenen Matheheft einen spannenden Mädchen- oder Abenteuerroman liegen hatte.

Die Mutter Elisabeth war eingespannt in ihr eigenes Geschäft, denn sie hatte sich entschlossen, den mageren Hilfsarbeiterlohn ihres Mannes mit einem Heißmangelbetrieb aufzubessern, für den sie ein Zimmer ihres Hauses bereitstellte. Damit war Sinni nachmittags frei vor ständiger Aufsicht. Und schnell war der Roman zugeklappt und in der Schultasche verschwunden, sobald sie nahende Schritte hörte. So konnte sie wunderbar ein Buch nach dem anderen verschlingen.

Als alle Klassenkameraden schon ihren eigenen Ausweis für die Stadtbücherei hatten, war Sinni klar: Die nötige Unterschrift dafür brauchte sie von ihrer Mutter gar nicht erst anzufragen. Die würde so etwas Schändliches niemals befürworten. Was blieb ihr anderes übrig, als auf dem Antragsformular für den Zugang zu den Büchern der Welt die Unterschrift ihrer Mutter nachzuahmen?

Auf die Dauer gewöhnten sich die Eltern etwas an den Anblick ihres lesenden Mädchens, denn manchmal war es doch auch praktisch, das Kind aufgehoben zu sehen, wenn man anderes zu tun hatte. Doch dass Lesen etwas Verbotenes sei, etwas, das zu nichts nütze sei, das den Charakter verderbe, diese Worte der Eltern verankerten sich fest in dem heranwachsenden Mädchen.

Wen wundert es, dass Sinni als erwachsene Frau einen Mann heiratete, der Lesen verabscheute? Der Legastheniker war und der Bücherlesen ebenfalls für verschwendete Zeit ansah? Der immer missbilligend den Kopf schüttelte, wenn sie ein Buch las? Wen wundert es, dass Sinni, als sie Kinder bekam, ihre wertvolle Zeit nicht mehr mit Bücherlesen verbrachte?

Den Spaß am Lesen aber konnte Sinni weiterhin niemand nehmen. Selbst wenn sie sich diese Freude aus Vorbeugung gegen die lästige Reaktion ihres Mannes nicht mehr gönnte – die Sehnsucht nach Lesen blieb. Und nach einer Lesecouch im Wohnzimmer.

Ihr Mann schüttelte wieder nur den Kopf, wenn sie darüber sprach. »Wozu eine Lesecouch, wenn doch niemand darin sitzt zum Lesen?« Er hatte ja die zwei ausladenden Lehnsessel gekauft. Da saß man doch bequem vor dem Fernseher. Eine Lesecouch!

Und als die Kinder größer wurden und Sinni hie und da einen Nachmittag frei hatte, fing sie an, auch noch zu schreiben! Brachte die Idee auf, dafür einen eigenen Schreibtisch zu wünschen. Inmitten des Tagesgeschäftes! Denn ihr Mann hatte sich inzwischen selbständig gemacht. Und anstatt ihn im Geschäft zu unterstützen, da wollte sie ihre wertvolle Zeit damit verbringen, Bücher zu schreiben, wo doch jeder wusste, dass man damit kein Geld verdienen konnte! Wie einfältig seine Frau doch war!

Immerhin gelang es ihr, zwischen Geschäft und Kindergroßziehen wenigstens ab und zu ein Buch zu lesen. Inständig hoffte sie während des gebannten Lesens, dass ihr Mann nicht jetzt in diesem Moment heimkäme, bis sie dieses interessante Kapitel zu Ende hätte. Sie mochte seinen abfälligen Blick nicht aushalten.

Sinni hielt ihre Ehe fast zwanzig Jahre aufrecht. Diese ging auch sicher nicht nur wegen mangelnder Lesemöglichkeiten in die Brüche.

Nur allmählich wagte Sinni, als geschiedene Frau, sich mal ein Buch in der Buchhandlung zu kaufen. Sich auf das selbstgekaufte Sofa zu kuscheln und mehrere Stunden einfach dazusitzen – und zu lesen. In den folgenden Jahren nahm sie sich Zeit, sich über ihre Wünsche und Sehnsüchte klar zu werden. Ja, ihr neuer Mann sollte gerne lesen. Er auf der einen Couch, sie auf der anderen, so sollten sie nebeneinander am Abend da liegen, jeder mit seinem Buch. An besonders guten Stellen dem anderen daraus vorlesen. An lustigen Stellen gemeinsam lachen, an traurigen erzählen können, warum man jetzt weinte. Ja, darauf wollte sie achten, nur solche Männer wollte sie kennenlernen bei der Partnersuchseite im Internet. Liest du gerne? Ja. Also schreib ich dir.

Achim war so ein Mann. Er genoss es, mit seiner Frau auf der Couch zu liegen und zu lesen. Er fand es gut, wie sie sich ihren Schreibplatz einrichtete und ihrem Bedürfnis, zu schreiben, nachging. Er las gerne ihre Erzählungen, er bestärkte sie im Schreiben und begleitete sie zu Lesungen bekannter Autoren. Sinni schrieb nun oft und sie schrieb viel.

Doch wen wundert es, dass Sinni kurz vor dem Fertigwerden der Geschichten, des Romans, nicht weiterkam? Dass sie dann plötzlich alles Geschriebene stehen und liegen ließ und sich ganz sicher war, dass sie sich jetzt, jetzt sofort, um eine Arbeit bemühen und Geld verdienen müsste, denn von so einem Buch konnte man ja nicht überleben. Dass Sinni Ordner um Ordner füllte mit ihren Aufzeichnungen und später Datei um Datei erstellte. Und sich ganz sicher war: Das alles konnte doch niemand brauchen! Wen interessierte schon, was sie da schrieb.

So wurde Sinni älter. Ihre Kinder waren längst aus dem Haus. Und fingen an zu drängen: »Mama, du wirst unglaubwürdig. Schon als wir klein waren, hast du davon gesprochen, ein Buch zu schreiben. Jetzt haben wir immer noch keins!«

Das packte Sinni. Nein, ihren Kindern gegenüber wollte sie nicht als Versagerin dastehen, welch schreckliche Mitgift, dachte sie. Sie musste es schaffen. Wenigstens ein einziges Buch.

Doch wieder glitt sie ab. Sie musste doch ihren Lebensunterhalt verdienen! Wie sollte sie da noch Zeit finden für Buchschreiben. Sie musste ihrer Arbeit nachgehen! Konnte höchstens neben dem zur Tarnung geöffneten Programm am Bildschirm, wenn der Chef beschäftigt war, ein spannendes Buch liegen haben.

»Ich hab dir das damals als Kind wirklich geglaubt, als du gesagt hast, du willst mal ein Buch schreiben!«, sagte dann ihre große Tochter Lisa eines Abends zu ihr, als Sinni bei ihr auf Besuch war und sie auf der Couch lagen und lasen. Lisa wirkte dabei gleichgültig.

»Mama, du wirst unglaubwürdig ...«, raunte es wieder tief in ihrem Inneren. »Mama, du wirst unglaubwürdig.« Lauter. »Ich hab dir das damals als Kind wirklich geglaubt!« Ein Schauer lief an jenem Abend über Sinnis Rücken. Und endete in einem heftigen Ruck.

Drei von Sinnis Freundinnen schrieben Bücher, ja, sie lebten sogar davon! Geisterte da in ihr, Sinni, nicht noch ein altes Muster herum? Von dem sie sich bremsen ließ, ihre Wünsche zu erfüllen?

Und nun endlich los! Sie bat ihre Freundinnen, ihr zu helfen. Die Freundinnen heckten einen Plan aus und erklärten Sinni zum Härtefall: Immer, wenn sie die vereinbarte Seitenzahl in der vorgegebenen Zeit nicht lieferte, müsste sie die Freundinnen auf ein Wellness-Wochenende in einem Spa-Hotel einladen. Das konnte richtig teuer werden!

Sinni verstand den Wink. Sie begriff auch, dass es an ihrer Entscheidung lag. Und plötzlich war alles ganz einfach. Es gelang ihr, sich einige Monate Auszeit zu nehmen. Und konnte ihrer Tochter Lisa ein Jahr nach jenem Leseabend den Roman in die Hand drücken, der so lange Zeit gehabt hatte zum Reifen. Der Titel: „Die Buchtänzerin".

Über-Leblichkeit

Unsere vier Kinder haben mich immer wieder über deinen Zustand unterrichtet. Er hat mich nicht unberührt gelassen. Lange schon hatten wir beide keinen Kontakt mehr zueinander. Du warst zurück in den Wohnort deiner Eltern, nach Nürnberg, gezogen. Ich blieb in München. Wir vermieden bewusst weitere Auseinandersetzungen über Unvereinbarkeiten in unseren Lebenseinstellungen. Nicht umsonst haben wir vor fünfzehn Jahren den verheerenden Weg unserer Scheidungs-Schlammschlacht gewählt. Und lieber diese ausgehalten, als ein weiteres Leben zusammen.

Freilich leben auch unsere Kinder unter der Bedrohung deiner Krankheit. Von Kind an haben sie als Selbstverständlichkeit miterlebt, dass zu allen wichtigen und unwichtigen, geselligen und einsamen, geschäftlichen und privaten Gelegenheiten gereicht wurde: Bier, Wein, Schampus, Schnaps, reichlich.

Immer wurde unser Haus bewundert für die erlesenen Getränke, die wir zu bieten hatten. Die Weine waren von vorzüglichen Weingütern, die du selbst in Italien und Frankreich, später auch in Kalifornien ausgesucht hast für deinen Weingroßhandel. Die Champagner hattest du direkt bei Winzern in der Champagne verkostet und von dort anliefern lassen; die Cognacs waren durchweg lange Jahre in Eichenholzfässern gelagert; mit der fachkundigen Auswahl deiner Calvados-Sorten oder auch deiner Grappe erntetest du auch bei Kennern große Anerkennung.

Und was mache ich hier? Ich erinnere mich als erstes in meiner Revue genau daran: an den reichlichen Alkoholkonsum. Getarnt durch Qualität.

Der schicke Aperitif vor dem Essen, das große Bier gegen den ersten Durst zum Einschwenken auf das folgende große Menü, der seltene Jahrgangs-Champagner. Dann der edle Weiße zur Fischvorspeise, der satt-samtige rote Burgunder zum Hauptgericht, darauf der noch ältere, noch reifere Bordeaux als Verlängerung. Zwischendurch wurde gegen das »Trou normand«, das normannische Loch, – hahaha –, ein alter normannischer Calvados eingeschoben, der zum Dessert hinüberhilft, welches in Begleitung eines lieblich-fruchtigen Sauternes oder eines Gewürztraminers gereicht wurde.

Der das Menü abschließende Espresso corretto, mit einem Schuss Grappa »berichtigt«, konnte nicht so stehen gelassen werden, ohne dass noch eine Degustation reifer Jahrgangscognacs veranstaltet wurde.

Die häufigen Gäste bei uns zu Hause haben das genossen und gingen nach so einem Abend fröhlich betrunken in ihr Leben zurück. Für uns aber war es beinahe Alltag.

Essen und Trinken, das war für dich Lebensinhalt und Lebensunterhalt. Deine Delikatessenläden zeugen davon. Und ich habe mich durchaus in der Bewunderung, die wir damit genossen, gesonnt.

Es fehlte damals nicht viel, und ich wäre mit dir untergegangen. Gerade noch rechtzeitig bin ich von dir fortgegangen.

Ich bin froh, dass ich zu diesem Schritt die Energie hatte. Noch ehrlicher gesagt: dass meine Hormone diesen Schritt gangbar gemacht haben. Um aus unserer verstrickten, durch Kinder, Geld, Geschäft und Familienbande eng verwobenen, verschlungenen Ehebeziehung herauszukommen. Ich musste mich nolens volens erst in einen anderen Mann verlieben, dass die große Kraft dieser Emotion mir die Stärke geben konnte, mich und meine Bedürfnisse gegenüber meinen eigenen Verpflichtungsgefühlen, so wie ich mir eine gute Ehefrau vorstellte, durchzusetzen.

Freilich war mein Verhalten nicht »richtig«, das sagt auch heute noch mein Ehrgefühl. Als meine asiatische Freundin Saya mir eine neue Sichtweise aufzeigen konnte, war ich sehr dankbar und es erleichterte mein Gewissen sehr: Der andere Mann, sagte sie, das war für dich ein Engel, der dich erlöst hat. Der andere Mann, er war damals nur eine Zwischenlösung, für mich aber eine Er-Lösung aus den Fängen der Co-Abhängigkeit.

Ich verstehe sehr gut, das war für dich ein Schlag ins Gesicht. Untreue ist unfair. Es fällt wohl keinem Menschen leicht, auf diese als »Verrat« titulierte Weise verlassen zu werden. Es war dir immer wichtig, niemanden außer dir auf der Siegertreppe stehen zu sehen. War es das, was dich so viel Kraft gekostet hat? Oder war es die Übermacht des Vaters, der Mutter, deines Elternhauses? Ihnen strebtest du nach – und konntest sie nie erreichen. Man kann niemals ein anderes Leben kopieren.

Doch ich stelle hier nur Vermutungen an. Vermutungen über die Gründe für dein Abgleiten.

Schnell hast du damals, als unsere Trennung unausweichlich schien, die Zuneigung von Giulietta genutzt und die vierzehn Jahre jüngere Frau geheiratet.

Natürlich wollte sie, die nur ein paar Jahre älter war als unser ältester Sohn, mit dir noch Kinder haben. Du entschuldigtest dich mir gegenüber, als euer Sohn Matteo unterwegs war. Dabei hättest du dies mir gegenüber nicht zu rechtfertigen brauchen. Ich war sogar froh gewesen, dass Giulietta dich »übernommen« hat. Ich war erleichtert, dass ich deinen Gefühlsanforderungen, die mich sehr anstrengten, nicht mehr genügen musste.

Nach außen hin zeigtest du eine große Sicherheit: Ich mache alles richtig. So wie ich es mache, ist es für alle Menschen und die Welt gut. Das verlieh dir sichtbar große Stärke, sogar Charisma. Auch ich habe diese Haltung an dir bewundert.

Heute weiß ich: Du hast darunter deine große Verletzlichkeit verborgen. Du gabst anderen nicht die Chance (auch nicht mir als Ehefrau), dir Herzensliebe zu zeigen, denn sie könnte dir Schwäche beibringen. Also hast du schon mal vorsorglich, wie ein Stier, deine Hörner gegen uns gerichtet. Und als ob du deine Stärke wie dieses Tier nach außen noch bekräftigen wolltest, nahmst du einen großen Körperumfang an.

Als dann auch noch Chiara auf die Welt kam, dein sechstes Kind, schüttelten viele um dich herum den Kopf. Na und, kann man sagen, es ist sein Leben. Doch irgendwie hatten die, die dich kannten, den Eindruck, du seist nicht der Reiter in deinem Leben.

Nun hat er dich geholt, der Todesengel. Mit 59. Lange hast du dich gewehrt. Schon vor Monaten hatten die Ärzte dich aufgegeben. Die Nieren funktionierten nicht mehr, die Leber sowieso nicht.

Deine Kinder haben gemeinsam auf die Schleifen deines Kranzes schreiben lassen: »Du lebst in uns weiter.« Der Kranz war über und über mit Blumen besteckt.

Ja, auch ich habe dich geliebt. Auf die mir mögliche Weise. Aus meinen eigenen Verstrickungen kommend. Doch meinte ich damals, Liebe hieße, sich aufzuopfern. Das hat nicht funktioniert. Ich habe lange gebraucht, eine andere Sichtweise über Liebe zu erreichen.

In den vergangenen Jahren habe ich mir viel Zeit für mich selbst genommen und durfte zu dieser Erkenntnis gelangen: Liebe ist zwar uneigennützig. Doch braucht auch sie Pflege und Nahrung, damit sie weiter gedeihen kann. Der Nährboden für unsere gegenseitige geistige Befruchtung, für eine gemeinsame Entwicklung, war vertrocknet. Ehe wir es uns versahen, waren wir hilflos dem Wassermangel ausgeliefert. Wir hatten keinen Vorrat angelegt, denn wir gaben lieber unserer Arbeit im Geschäft oder von Schwierigkeiten ablenkenden Spaßmomenten den Vorrang.

»Mama, so wie du in Wirklichkeit denkst, hätte Papa dich sowieso nicht mehr ausgehalten«, sagten unsere Kinder, wenn ich mich für mein Fortgehen von dir entschuldigen wollte.

Im Lauf der vergangenen Jahre konnte ich meine Lebenseinstellung, die zunächst wohl durch alte Familienmuster eingeschränkt worden war, ausleben:

Ich bin Ich und ich gehöre niemandem auf dieser Welt. Ich öffne mich gerne anderen Einstellungen und nehme davon nur an, was mir guttut.

Ich bin Ich durch meine Lebenshistorie. Es sind meine Wahrnehmungen, die hinter meinen Gedanken stehen. Meine Emotionen, die sich gebildet haben aus meinen Erlebnissen, meinen Genen, meiner Familiengeschichte, meinen Kindheitserfahrungen, meiner Geschwister- und vielleicht sogar meiner Sternenkonstellation; meinem Umfeld, meinem Leid und meinen Vorlieben, meinen Begabungen und meinen Schwächen; aus meinen Entscheidungen in meinem Leben, den richtigen und den falschen; aus Entwicklungen, die sich daraus ergeben haben, guten und problematischen.

Aus dem allem ist mein Selbst entstanden und mein persönlicher Lebensfluss.

Dazu gehörst auch du und dein Einfluss auf mich in fast zwanzig Jahren Ehe.

Warum mache ich mir nach so vielen Jahren seit unserer Trennung noch so intensiv Gedanken über dich? Das müsste ich nicht, schließlich war es ja ich, die wegwollte von dir.

Es ist wegen dem Lebensfluss unserer Kinder. Selbst wenn sie inzwischen noch so erwachsen und selbständig sind.

Unser damaliges Leben steckt natürlich als Kindheitserfahrung in ihnen. Und wirkt sich, gewollt oder nicht gewollt, auf ihre heutigen Entscheidungen aus. Vieles durften sie als sehr schön erleben. Ich wünschte, alles wäre für sie nur schön gewesen. Und das Hässliche?

Am liebsten wäre mir, ich könnte mit guten Gedanken an dich dazu beitragen, dass sie die Palette an unschönen Lebenserfahrungen nicht in allen Einzelheiten selbst durchprobieren müssen. Sondern dass ich ihnen mit meinen Einsichten eine Abkürzung anbieten kann.

Für sie möchte ich einmal sagen können: Es war alles gut. Ich habe mir die Freude und Erfüllung verschafft, die für mich möglich war. Ist das Egoismus? Ist das Überheblichkeit? Nein, eher »Über-Leblichkeit«.

Damit kann ich, darf ich weiter leben.

Für mich und für meine und deine, für unsere Kinder.

Sie sind wundervoll. Ich danke dir dafür.

Die Kastanien sind reif

Durch eine Kastanienallee schlendern, über die vor kurzem ein Sturm gezogen ist: Wer kann sich da der Anziehungskraft der frisch heruntergefallenen, glänzenden braunen Früchtchen entziehen? Wer kann wirklich weitergehen und am Schluss des Weges nicht einige Kastanien in der Manteltasche haben?

Ich bin kraftvoll und energiereich nach einem langen Wochenende in meinem Projektbüro bei der großen Firma angekommen. Sofort reihe ich meine strahlende Beute vor dem Bildschirm auf. Dabei habe ich mir spontan vorgenommen, heute Abend mal früher nach Hause zu gehen und noch einen Spaziergang im Park zu machen, um die erhebende Stimmung vom Morgen noch einmal zu erleben.

Als es Mittag ist, sehe ich vor lauter Arbeit meinen morgendlichen Wunsch dahinschwinden; auch heute wird es wieder spät werden, bis ich heimgehen kann.

Mein Blick fällt auf meine Kastanienreihe. Nur noch an einigen Stellen ist der schöne Glanz vorhanden. Immer noch schön glatt, aber inzwischen stumpf und matt liegen die braunen Kugeln vor mir. Und die Überbleibsel von letzter Woche aus meiner Manteltasche habe ich bereits in den Papierkorb geworfen, weil sie nicht nur stumpf, sondern auch schrumpelig geworden waren.

Tu's, flehen mich jetzt die Kastanien auf meinem Tisch an. Geh heute noch in den Park! Heute noch kannst du die Freude genießen, die dir die herbstliche Natur schenken will. Die Arbeit wird dich niemals hinaus schicken. Der Posteingang ist magisch, er zieht immer neue Sendungen herein. Bleib du selbst aber der Meister der Magie!

Was du allerdings nicht beeinflussen kannst: Schon morgen könnte die Sonne von Wolken verdeckt sein, und eine Quelle der Freude ist versiegt. Darum: Tu es heute! Erfülle deine Wünsche und genieße ihre Realisierung, jetzt.

Denn ehe du dich versiehst, schwuppdiwupp, könnten wieder fünf Jahre dahin und dein Glanz könnte abgestumpft sein, sagen die Kastanien zu mir und lenken meinen Blick auf ihre ältlichen Schwestern im Papierkorb. Wenn du nicht achtgibst auf die begrenzte Zeit, die du zur Verfügung hast, könnte dein Leben gar verschrumpeln.

Unsere Jeans

Wir saßen in derselben Konstellation am Tisch wie damals von der zehnten bis zur dreizehnten Klasse, in jenen Tagen aber noch in Schulbankreihen: Conny neben Marion, Christiane neben mir, dann Witha, neben Witha fehlte leider schon Annette. Sie war vor sieben Jahren an Lungenkrebs gestorben. Ihre Stelle nahm an diesem Tag Amelie ein, 26 Jahre jung und Withas Tochter.

»Hattet ihr keine Leistungskurse?«, fragte Amelie.

»Wir waren der letzte Abi-Jahrgang in Bayern, wo das alte Klassensystem noch zugelassen war. Das ist jetzt genau vierzig Jahre her«, antwortete ihr Christiane, ehemals Mathelehrerin an einem Münchner Gymnasium, jetzt im Vorruhestand. Amüsiert musterte sie die junge Amelie – sie trug an beiden Augenbrauen ein Piercing, und ihr rechter Arm war bis über die Fingerspitzen mit Tattoos bedeckt.

»Was wollt ihr jungen Leute damit eigentlich ausdrücken?«

»Keine Ahnung, hab ich schon mit sechzehn machen lassen. Ist einfach cool.«

»So ging es uns doch damals auch«, verteidigte sie Witha, die Mama. »Wisst ihr noch, unsere Jeans! Das war unser Symbol für Rebellion gegen die Alten.«

»Jeans?«, fragte Amelie, »normale Jeans?«

Als hätte sie in ein Hornissennest gestochen, antworteten wir vier alle auf einmal:

»Unsere Jeans – die waren nicht normal!«

»Die transportierten unsere Auflehnung gegen unsere Elterngeneration.«

»Meine Jeans hatte ich Tag und Nacht an. Sie waren aus hartem, dunkelblauem Baumwollstoff, echtem Denim. Mit riesigem Schlag. Vernäht mit Doppelnaht, wisst ihr noch, von der keine irgendwo übernäht werden durfte, damit nur ja keine ›normale‹ Naht entstand, wie sie die Stoffhosen unserer Eltern aufwiesen.« Das war Marion, mit einem genüsslichen Grinsen im Gesicht.

»So eng waren die Jeans, dass wir uns rücklings aufs Bett legen mussten, damit wir, mit eingefallenem Bauch, zuerst den Reißverschluss und dann den Knopf schließen konnten.« Sie machte dazu eine qualvolle Bewegung Richtung Bauch.

»Und hinsetzen konntest du dich darin eigentlich gar nicht, nur leicht beugen, danach half die Gravitationskraft«, lachte Conny, die als Doktor der Physik in der Forschungsabteilung bei BMW gelandet war.

»So mussten sie sein, so eng. Nur dann waren es echte

Jeans, die das transportierten, was wir suchten: Freiheitsgefühl.«

»Schönes Freiheitsgefühl, so eingezwängt«, lachte Amelie.

»Ja, aber unseren Eltern gegenüber war das etwas Ungeheuerliches. Die fanden das furchtbar. Hosen, die nur bis zur Hüfte gingen und so eng waren, dass sie Hintern und die Oberschenkel auf unerhörte Weise zur Schau stellten.«

»Meine Mutter wollte mich mit Vernunft überzeugen: ›Das schnürt die Geschlechtsteile ein und beeinträchtigt die Fruchtbarkeit,‹ sagte sie. ›Dann brauch ich die Pille nicht mehr nehmen‹, antwortete ich. Und meine Mutter wurde noch zorniger. ›Was, du nimmst diese Pille?!‹«

Hämisches Lachen am Tisch. Und als Amelie verständnislos dreinsah, ergänzte Marion, die als freie Pharmareferentin arbeitete:

»Es war erst wenige Jahre her gewesen, dass man die Antibaby-Pille – und nur mit gesundheitlicher Begründung – vom Arzt verschrieben bekam. Sie war noch ziemlich neu auf dem Pharmamarkt und noch nicht ausreichend erforscht, geschweige denn, dass genügend Testrunden gelaufen waren. Trotzdem aber sehr begehrt. Aber in der Bevölkerung galt sie noch als unsittliches Teufelszeug.«

»Ich möcht gar nicht daran denken, wie lange wir unsere Jeans getragen und nicht gewaschen haben!«, erinnerte sich Christiane.

»Stimmt! Wie eklig wir waren! Damals hab ich mich regelmäßig mit meiner Mutter angelegt, weil sie ständig meine Jeans waschen wollte. Mit ihrer schönen neuen Wirtschaftswunder-Waschmaschine. Ich hab meine Jeans jeden Abend vor ihrem Zugriff versteckt.«

»Ja, wie eklig wir waren!«, rief Witha aus, dabei aber voller Begeisterung. »Mindestens drei oder vier Monate hab ich sie jeden Tag auf der Haut getragen, überallhin, von morgens bis abends, am liebsten noch nachts. Und noch kräftig die Hände an den Schenkeln abgerieben, dass sie noch speckiger wurden.«

»Ja, so richtig speckig mussten sie sein.«

»Wenn du sie ausgezogen hast, mussten sie wie zur Salzsäule erstarrt stehen bleiben, dann erst waren sie authentisch.«

Gekicher am Tisch.

Und dann nochmal Marion. Sie schüttelte sich.

»Wie grauslich wir damals waren! Diese Jeans müssen ja gestunken haben, überall wo wir waren, und im Klassenzimmer erst!«

»Das war eben der Duft eurer Generation«, amüsierte sich nun Amelie ihrerseits.

»Immerhin wechselten wir täglich unsere Slips. Das war bei unseren Eltern noch lange nicht üblich gewesen!«

Das Thema »Jeans« war unerschöpflich für uns. Immer mehr fiel uns dazu ein. Dass wir auf Fotos gesehen hatten, wie jugendliche Menschen, nicht viel älter als wir, sich zur Sonntagsfreizeit mit anderen jungen Leuten im Park trafen – aber alle ordentlich in Anzug, Hemd und Krawatte. Dass wir damals von unseren Jeans immer im Plural sprachen – im korrekten Englisch. Auch das unterschied uns von unserer Elterngeneration: Die hatte noch keinen Englischunterricht in der Schule. Und weiter, dass heute Jeans im Singular verwendet wird und zudem ganz was anderes ist, nämlich bequem, bei hohem Stretchfaktor. Von Modedesignern aufgegriffen. Und dass sie kombiniert mit schicker Bluse sogar kanzleifähig sei, ergänzte Witha, die heutige Rechtsanwältin.

Dann wieder Conny: »Mein Vater konnte das Wort gar nicht aussprechen. Tschinns sagte er immer, Tschinnshose.«

»Er selbst trug ja immer nur ›Stoffhose‹, mit Hosenträgern«, fuhr Conny fort.

»Mein Vater genauso!«, entsann sich Christiane. »Ohne Hosenträger hätten seine Hosen niemals gehalten. Er hatte einen riesigen Bauch nach vorne zugelegt, dadurch kriegte seine Hose die Form eines rechtwinkligen Dreiecks. Der rechte Winkel an der Krümmung der Wirbelsäule, am Scheitelpunkt bei 90°. Die Hypotenuse führte vom Bauchnabel bis zur Ferse.« Sie fuhr mit dem Finger in der Luft ihre mündliche Beschreibung nach.

Wir kicherten, ja, ja, die Mathe-Frau, hatten dabei aber deutlich das Bild unserer Väter vor Augen.

»Die Hypotenuse durch exakte Bügelfalten deutlich erkennbar«, ergänzte sie.

»O, meine Mutter war Expertin im Bügelfalten-Bügeln«, fiel Conny dazu ein.

Das, so waren wir uns wieder einmal einig, das ging bei Jeans gar nicht! Gebügelt und mit Knickfalten vorne und hinten! Das widersprach allen Gesetzmäßigkeiten unseres Lebens! Darüber mussten wir uns hier und jetzt noch weiter auslassen.

»Dabei gab es Leute der älteren Generation, die sich für fortschrittlich hielten und Jeans kauften. Aber nicht in Jeansläden, wie sie damals ganz neu aufkamen, wisst ihr noch, sondern im ...« – und hier erhob sie Augenbrauen und Stimme für eine besonders abwertende Betonung – » ... ›Herren- und Damen-Oberbekleidungsgeschäft‹. Die waren an der Bügelfalte sorgfältig geknickt und mit Klapp-Hosenbügeln aufgehängt. Diese Leute bügelten die Falten immer wieder rein, wenn die Jeans sich über Beinen und Knien ausbeulten. Wenn ich solchen Menschen begegnete, suchte ich so schnell wie möglich wieder das Weite.«

Amelie, die selbst im Hosenanzug zu unserem Treffen erschienen war und bisher immer wieder über unsere Begeisterung geschmunzelt hatte, schüttelte hier leicht entrüstet den Kopf.

»Du musst wissen, dass uns wirklich daran lag, uns abzugrenzen von der Generation vor uns. Stoffhosen und Bügelfalten machten für uns den Inbegriff von Spießigkeit aus. Und die war für uns immer verbunden mit überkommenem rechtem Gedankengut. Überbleibsel der Nazizeit, gegen die die 68er ein paar Jahre vor uns revoltiert haben. Weil die alten Nazis auch in der jungen Bundesrepublik schon wieder in allen Gremien saßen. Ich erinnere mich auch noch an die vielen Männer mit nur einem Bein, mit nur einem Arm, abgeschossen. Sie bestimmten noch sehr stark das Straßenbild meiner Kindheit,« sagte ich.

»Letztlich unterstützten wir mit unseren Jeans die kommunistische Arbeiterbewegung«, überlegte Witha laut. »Jeans waren ja ursprünglich Arbeiterhosen gewesen. Wer von uns war in den Siebzigern nicht links gesinnt! Bloß nicht so rechts wollten wir sein, wie unsere Eltern gewesen waren! Extrem, wie Jugend nun mal ist, drifteten wir ins exakt andere Lager.«

»Und was ist noch übrig von unserer bewegten Zeit?« Ein unsicherer Blick von mir in die Runde. Witha wusste wenigstens *eine* Antwort.

»Na ja, eine ganze Menge! Indem wir unsere Jeans in der Gesellschaft etablierten, leiteten wir schließlich die moderne Freizeitgesellschaft ein. Vielleicht muss unser Nachwuchs auch das heute wieder hinterfragen. So mancher junge Mensch sehnt sich inzwischen wieder nach der Ordnung, die wir damals so nachhaltig über den Haufen geworfen haben.«

»O ja, mit Stoffhose und Bügelfalten am Sonntag zum Volleyballspielen in den Park, dazu hätt ich Bock«, lachte Amelie spitzbübisch. »Das wär mal wieder Ordnung, richtige Ordnung!«

Inhalt

Irmgard Bauer, geb. 1956 in München,
hat Erziehungswissenschaften für den Lehrerberuf
studiert. Diesen übt sie nie aus, weil sie früh und
kurz hintereinander ihre vier Kinder bekommt.
Neben der Kindererziehung hilft sie ihrem Mann,
ein Delikatessengeschäft mit Weingroßhandel
aufzubauen.

In späteren Jahren verdient sie ihren Lebensunterhalt
als freiberufliche Werbetexterin und arbeitet in der
Kommunikationsabteilung mehrerer Konzerne sowie
als Redakteurin für Mitarbeiterzeitschriften. Seit 2008
führt sie Teambuilding-Maßnahmen für Unternehmen
durch und ist Hochschul-Lehrbeauftragte für
Teamkompetenz. Sie lebt mit ihrem zweiten Mann,
der Montessori-Pädagoge ist, in München.

Zeitfracht Medien GmbH
Ferdinand-Jühlke-Straße 7
99095 Erfurt, Deutschland
produktsicherheit@kolibri360.de